U0095749

高等院校摄影摄像基础教材

# 数字摄像

編著 戴菲

SHU ZI SHE

XIANG JI YI

JIAO CHENG

## 技艺教程

上海人民美术出版社

**图书在版编目（CIP）数据**

数字摄像技艺教程／戴菲编.—上海：上海人民美术出版社，2012.6

高等院校摄影摄像基础教材

ISBN 978-7-5322-7883-1

Ⅰ.①数… Ⅱ.①戴… Ⅲ.①数字摄像机—高等学校—教材 Ⅳ.①TN948.41

中国版本图书馆CIP数据核字（2012）第047929号

**数字摄像技艺教程**

编　　著：戴　菲

责任编辑：张　璎

技术编辑：季　卫

出版发行：上海人民美术出版社

印　　刷：上海市印刷十厂有限公司

开　　本：787×1092　1/16　10印张

版　　次：2012年6月第1版

印　　次：2012年6月第1次

印　　数：0001-2300

书　　号：ISBN 978-7-5322-7883-1

定　　价：29.00元

图像是唤起人们记忆的一种途径。图像的复现，可以沟起我们对已逝过往的丰富回忆。基于这种对于时间倒转魔力的崇拜，千百年来人们对视觉图像创作有着深深的眷恋。或者说，人们不仅仰慕那些可以制作图像的艺术家，更希望自己也能成为他们中的一员。

有趣的是，摄影发明者之一英国人福克斯　塔尔伯特虽然是一位博学的天才，但对于再现图像却是无能为力。所以，他希翼通过发明摄影这种技术来满足自己对于绘画的梦想；同样不遗余力的还有电影发明者法国人卢米埃尔兄弟，他们的梦想似乎更加远大，让电影胶片把我们身边流动的时间记录下来，实现人们对于物质世界的观察。

至此，人类世界开始进入到以机械记录作为艺术的影像时代。这就使得过去依靠口耳互递、音讯传播的事件具有了可视性，人们不再依靠想象和揣测来了解世界，而是通过画面、影音来理解与判断周遭，这给我们的生活和知识带来了极大的冲击。

伴随数字技术的迅猛推进，摄像机现在已经进入了千家万户。它不仅简化了很多复杂操作，同时还提升了许多自动化功能，这就使得操作的方便程度大大提升。但人们在大量使用的同时，常常也会感觉到自己拍摄的画面似乎差强人意。继而让许多人反思器材的缺陷或是不足，于是购进更加高级的设备再次使用，问题和困惑却是如出一辙。究其原因，器材的高低虽然决定了一部分画面质量，但是却无法改变影像的观看效果和艺术魅力。于是，如何拍摄影像、如何运用影像、如何让影像与观众交流就成为了初学者与高手间几乎无法逾越的门槛。

正是基于这样的考虑，本书为刚起步的入门者和家庭用户搭设了一座前往影像殿堂的桥梁。对于新手，想通过阅读专业书籍、排检其中的内容并为我所用简直就是大海捞针。而通过本书的介绍，初学者们可以快速建立起拍摄的兴趣与信心，同时也能深入浅出地了解到各种影像背后的知识和技巧。如果你是一位有计划深入的初学者，本书可以让你与未来的专业知识相互贯通，成为你起步的助手；如果你仅仅是一名家庭用户，本书可以让你的拍摄更加简单易行，达到电影化的视觉效果。

现代视频技术的发展日新月异，各种新功能也是层出不穷。这就让基础知识的介绍既不能摆脱器材的详解，也不能陷于说明书式的藩篱中而无法超越。本书在介绍各类常用技术之外，始终在文本中贯彻了影像化的思维方式和观念。仅仅拘泥于技术的拍摄只能成为器材的附庸，而毫无技巧的摄像却又是劣质画面的代名词。我们希望通过文中的各类解读，让读者们建立起一套有效的影像思考方法，以此在实践中避免这样或那样的笑话，真正地使手持摄像机的用户成为影像的主宰者，也使得更多人能够加入到影像的世界中，享受拍摄、制作与观看影像的乐趣。

当代世界已经成为了以影像为主体的视觉社会，这就使得在享受影像的同时，了解各种影像知识也成为了现代人的必备本领之一。借以本书的契机，诸君可以在阅读拍摄技巧之余，也能了解到各种影像规律和创作方法，不仅生动有趣，而且大有裨益。和千百年来制作图像的艺术家一样，今天你也可以成为那位具有图像魔力的创造者，满足你心中久已的视觉梦想。

# 目 录

# Chapter 1
## 第一章 导言

摄像是前期拍摄和后期制作中的纽带，同时摄像也凝结了技术和艺术的双重身份，是一项体力与脑力并重的实践操作。从广义上来说，摄像包括了电影摄影、电视摄像等较为专业的领域；而从狭义上来说，摄像可以理解为小型摄像机和DV的拍摄等等。

对于初探门窥的新手来说，我们的基础是建立在对于小型数字摄像机的掌握和使用上，同时也对专业电影和电视领域中的视觉常识进行一定的分析和学习，以此来形成一个比较完善的动态影像拍摄体系。科技的飞速发展造成了摄像是一个不断更新和调整的技术门类。和厂家们日新月异的产品说明书相比，文本的更迭显得相对滞缓而落后。这就不时地提醒我们，纸本的内容叙述如果停留在与产品的相互追逐上，那必定是毫无优势可言的；而如果我们将重心转移到人类共通的视觉经验上来讨论，那就会为初入摄像的学习者带来取之不竭的素材和宝藏。

这似乎也是摄像体现魅力的领域之一。人们对于时空记录的历史情结，在今天的数字时代已经成为了每个人手中的一次触屏按钮。这让我们有着极大的乐趣去拍摄和记录这个不断变化的世界。当我们把满载影像的数据导入电脑时，我们不仅收获了对于视觉的心满意足，更是我们对于即逝年华里的一种怀念。

电影摄影是一个十分专业的领域，它成为集合了各种现代视频技术和艺术的工业产品。

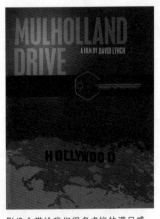

影像会带给我们很多虚拟的满足感。有人说我们热爱电影，或许是热爱电影前的那个自己。

## 1.1　电影：动态影像的诞生

人类追求影像的历史由来已久。从早期的岩画到当代的数字视频，人类对于视觉的记录成为了每个时代共有的话题。对于使用光学技术记录视觉来说，1839年8月19日是一个值得纪念的日子。这一天，法兰西科学与艺术学院向全世界公布了摄影术的发明；同时，这一天也被人们公认为摄影的诞生之日。

摄影的发明为人类视觉历史开启了全新的纪元，人们可以使用机械和化学的手段将影像固定在特定的介质上。这不仅方便了观看与传播，同时也降低了记录影像的难度与技术。相比专业的绘画技艺而言，摄影拍摄技术的方便是毋庸置疑的。这种简便易行的视觉方式很快便在全世

数字摄像技艺教程

界内得以迅速推广，人们使用各种照相机奔赴高山大川，掀起了风靡世界的摄影狂潮。

此中，有一位摄影师决定尝试使用更新的办法来为人类创造出另一种视觉奇观，这人就是爱德华·麦布里奇。这个划时代的举动最初来自于一句玩笑的戏言：马脚在奔跑时是否会同时离地？为了求证这个现象，麦布里奇和他的团队设计了一系列的方案。首先将多台相机均匀设置在一条直线上，与相机相对处设置一整块有刻度的木板，并固定竖好；其次，将相机快门用线牵出固定于对面木板之上；最后请骑手御马横向穿过设置好的相机"陷阱"。由于马匹跑过时会带动相机快门线，于是便自动激发一次照片拍摄，数十次连续拍摄后就形成了一系列奔马的照片。如果将这些照片进行叠加并加以前后运动就形成了一段可以观看的活动影像。通过这次实验人们获得了两个十分重要的经验：马在奔跑时四脚会同时离地，另外连续拍摄的照片可以形成活动的幻象，这便是我们熟知的电影雏形。这一年是1877年，而麦布里奇当之无愧地成为了"电影之父"。

摄影的发明意味着人类使用机械方式记录影像的开始。图为摄影发明之初使用的相机。

麦布里奇做的奔马实验。注意第一行的第三幅图片，马匹四脚离地。

被誉为"电影之父"的摄影师爱德华·麦布里奇。

随后人们对麦布里奇的动态拍摄现象加以总结和提炼，发明了有一定长度的软胶片，同时设计了可以连续转动的摄影机，继而还发明了具有齿孔的连续胶片等等。1895年12月28日，法国的卢米埃尔兄弟在巴黎的卡普辛路14号咖啡馆内第一次在公众场合放映了自己拍摄的影片，引起了全世界的瞩目。后人为了纪念这两位电影先驱，决定将这一天定为电影诞生日，同时将卢米埃尔兄弟奉为电影的开创者。

至此，影响整个人类历史和信息传播的电影开始正式进入到我们的生活。

法国的卢米埃尔兄弟在前人的基础上整合发明了电影，标志着人类动态影像时代的来临。

## 1.2 从电影到电视的历程

电影发明之后，人们很快便意识到活动影像对于信息传播的重要性。一段数十秒的运动画面可以方便地讲述一个已经发生的事件，同时运动画面里还可以加入声音等多种元素，为人类的感知带来无与伦比的享受。最为重要的是，电影带来的活动影像为当时的世界进步起到了举足轻重的影响。人们可以在几周之内了解和熟知远在千里之外的国度，

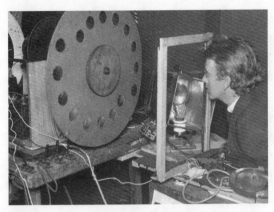

被誉为"电视之父"的英国人约翰·洛吉·贝尔德和他所发明的早期电视。电视的发明被视为20世纪最伟大的发明之一。

贝尔德在当时采用了超越时代的逐行扫描图像电视法，和现在的高清电视技术如出一辙。

1936年，英国BBC广播公司在伦敦郊区首播电视节目的现场实况。

这也是过去所有世纪中的人们所无法想象的事情。比如，20世纪30年代，上海大光明电影院的排片表几乎与好莱坞电影的发行仅仅相差一周，即使这在今天看来也是一个令人咋舌的奇迹，就更不用提它给人们生活所带来的冲击。

由于电影在传播信息上的巨大能力，人们在思考是否可以加速这种活动影像的传播速度。显然从拍摄到冲印，直到放映的过程相对于日新月异的世界来说还是有点儿缓慢，于是人们试想活动影像是否可以像不久前刚刚发明的电报那样自由地快速传播？依照这种思路，人们把活动影像的传播技术转到了电子技术上。通过科学家们的不断实验，直到1925年10月2日英国人约翰·洛吉·贝尔德在伦敦的一次实验中"扫描"出了木偶图像，这次发明被后人视为电视诞生的标志，他本人也被尊为"电视之父"。

经过不断地定型与发展到20世纪30年代，电视形成了两个庞大的系统：其一是由贝尔德发明的电子与机械结合的逐行扫描电视；其二是由美国马可尼公司发明的电子式隔行扫描电视。从当时来看，美国马可尼公司的技术似乎更有竞争优势；而从今天回顾的技术来看，贝尔德发明的逐行扫描电视则具有超时代的意义，它直接成为了今天各类高清数字电视的技术范本。

1936年11月2日，英国BBC广播公司在伦敦郊区首播了人类传播史上第一个电视节目，预示着人类进入了一个全新而伟大的时代：电视时代。电视与电影相比，信息传播不再借助于物理介质的传递，从而省却了时间与空间的繁琐；或者说，电视机超越了时空距离使得人们在同时异地或者异时异地接收到来各地的信息。这种信息的强大功能随着第二次世界大战的爆发，走进了千家万户。正如我们所知的那样，二战时期的美国总统罗斯福在电视机里向全世界发表了反法西斯宣言，使得电视成为了20世纪人类历史上最伟大的发明之一。

电视传播的强盛也充分催生了电视摄像的发展。早期的大部分电视摄像师来自于电影摄影的转行，他们对电视摄像采取了电影级的技术手段和方法，使得电视艺术在早期维持在一个比较稳定的艺术水准上。由于当时的电视没有录制技术，采用的是全程的现场直播，所以给当时的电视制作和栏目传播带来了一定的限制，同时也对电视摄像技术带来了挑战。

进入到20世纪50年代中后期，磁带录像机的问世使得录像和大幅度的后期制作成为了一种可能，电视艺术有了同电影制作相同的手段和流程。经过20多年的发展，到70年代末期，电视的播放已经基本具备了录播和重播的双重方式，进入到真正意义上的现代电视阶段。

早期的电视拍摄是个复杂的系统工程。不仅对技术要求复杂，同时对摄像师的要求也十分严苛。

磁带录像机的出现使得录播电视成为一种可能。图为早期电视媒体的磁带录像系统。

20世纪80年代初，录像机由初创时期与摄像机分属为两个独立结构之后，一跃成为具有摄录多重功能的综合器材。不仅具备录像功能，同时还具备了摄像功能，从而为新一代摄录一体机提供了技术储备，也预示着一个更新的全民摄像时代的到来。

## 1.3　DV：走入大众的视野

录像机与摄影机的相互结合使得摄录一体成为可能，图为早期的摄录一体机。

虽然摄录一体化机已经大大解决了电视制作与广播的诸多瓶颈，但是仍然具有几个关键问题：其一便是体积庞大和技术复杂；再次是售价昂贵，不适合消费和家庭化使用。这和当时人们对于拍摄影像的市场需求显得格格不入，针对这种情况，索尼公司于1995年7月率先发布了全新一代的数字摄像机DCR-VX1000，这款器材甫一出现即受到了各地新闻记者和制片人的强烈追捧，赢得了十分巨大的市场份额。同时，由索尼公司牵头的各大日产数字厂商纷纷推出了自己旗下的各类数字类摄像设备。至此，影像摄录设备从模拟时代进入到了数字时代，人们将这类使用数字技术作为主要手段的摄录设备称为DV (Digital Video)。

DV的诞生标志着一个真正意义上的自我影像时代的到来。首先DV和数字技术相互结合，人们可以使用家用电脑和软件实现具有电视直至电影级的影像制作；其次由家用电脑制作的动态影像可以通过互联网和宽带技术在全球内得以分享，成为了一种全新的传播方式；最后DV的小型化和轻量化为人们提供了自我影像创作的可能，人们利用DV获得了一种主动表现的方式，这和几十年前人们将摄影作为一种意见表达的工具相似，今天的人们通过视频和互联网可以自由地表达意见、观点、主张和权利等等，这和电视时代的一言蔽之有着天壤的差别。

可以说，从技术表现上来看人们抛弃了传统电影的规范和细致，取而代之的是DV的普通和粗糙。而从本质上来说人们其实在追求一种精神意识和独立风格，这也为手持便携式器材的摄像者们提供一个无法回避的现实：普通势必平凡，出众就必须重新回归。这种回归不仅是对电视的一种理性批判，也是对电影的一种学习和超越。而那种自我发

索尼公司于1995年推出了具有划时代意义的数字摄像机DCR-VX1000，标志着一个全民摄像时代的到来。

电子新闻采集方式是外景拍摄时比较常见的一种形式，多由摄像师或主持人配合完成，简单、高效、便捷。

电子现场摄制方式是小型可移动的电视制作系统，图为移动直播车，此为现代电子现场摄制的一个典型标志。

挥或是天马行空的随意拍摄，最终的结果只是孤芳自赏罢了。

## 1.4 电视制作体例

### （1）摄制类体例

一般的电视摄制方式有三大类，即电子新闻采集方式（ENG）、电子现场制作方式（EFP）和电子演播室摄制方式（ESP）。

电子新闻采集方式，是指摄像师携带摄像机进行现场采录的一种摄制流程。电子新闻采集的特点是迅速、灵活，方便性强，可以独立自主地完成对新闻事件、新闻内容的摄制和报道。一般来说，如果拍摄内容不限于广播媒体的新闻报道，那么凡是纪录性的外拍，无论会务片、展演片、资料片或其他所有的纪实专题片的拍摄，大体上都可纳入电子新闻采集的范畴。

电子现场摄制方式，其实是一系列小型可移动的电视制作设备的总称。摄像师通过传输线缆、无线传输设备将拍摄现场多台摄像机采集的信号传回到电视转播车或是一般箱载EFP设备，实时实地进行编辑制作、录像、直播等音视频制作。通常在重大新闻事件报道或体育比赛、文艺表演等大型现场活动中使用。

电子演播室摄制方式，是指在广播电视媒体演播室内录制节目。电子演播室摄制方式具有良好的硬件条件，可以满足各类电视栏目的拍摄要求。从新闻播出到中大型的室内文艺演出，以及各类栏目制作等等，同时拥有优良的音视频后期制作与播出能力。一般演播场地包括节目表演场所和导演控制室两大部分，我们所熟知的节目调度以及镜头切换均由现场导播在导控室全程掌控，并完成画面的初步剪辑与合成。

### （2）节目类体例

根据电视节目内容和摄制方式的不同，一般可将电视节目分为纪实类与艺术类；同时根据节目的不同拍摄场地，可将节目摄制工作分为演播室类摄像和外景类摄像。

纪实类节目包括电视新闻、电视纪录片、纪实性专题片等；艺术类节目包括电视剧、文艺节目、广告、MTV和宣传片、小型电视电影及短片等。这两种节目类型采用不同的拍摄方式，纪实类摄像与艺术类摄像的主要区别在于记录对象、记录方式、呈现目的以及受众群体的不同。

在纪实类摄像中，被摄对象是现实生活中的人物和事件，所表现的动作事态是不可逆转的，具有不可重复性的特征。现场摄像师的任务是将事件真实、完整、全面地记录下来。在拍摄过程中，摄像师不能介入现场事件中对人和事进行组织和安排，他应该是整个时间过程的目击者、旁观者和记录者。但其实在实际拍摄中，这样的界线很难区分，有

电子演播室摄制方式是指在广播电视演播室内录制节目。图为典型的演播室场景。

时候也比较难把握纪实的分寸，这需要摄像师注意事态的进程，预见事态的发展，将最具典型意义的人物活动和事件始末如实记录下来。严格地说绝对的、不介入式的纪实影像是不大可能的。

艺术类摄像的拍摄对象通常是经过编排的人物和事件，整个过程强调的是创作人员的主观表现和艺术风格。被摄人物往往是演员，事件的情节发展变化经过导演组织并实施多次排练，具有内容的艺术虚拟性和拍摄的可重复性特点。摄像师的任务是将眼前的场景和活动以最具感染力的形式呈现在监视器上，并接受导演和导播的直接指挥。

演播室类摄像在专业设备下的摄影棚内进行，现场各种良好的摄录设备都由现场技术人员调试到最佳状态。所有参与者都积极配合摄制工作，摄像师直接受现场编导的指挥调度并与各部门技术人员协同合作，完成播出任务。

外景类摄像是在实际生活环境中进行的，也可以说在非演播室场景中的拍摄都可以视为外景式的拍摄方式。这需要摄像师适应现场多变的光线条件和复杂的拍摄环境，对摄像的现场应变能力和实际技术操作提出了较高的要求。相对于演播室的拍摄而言，外景类摄像师应具备更强的实际工作经验和水平。

外景类的拍摄对摄像师的综合素质要求较高。

纪实类摄像以其客观和忠实吸引了观众，但是严格地说绝对客观的纪实影像似乎是不可能的。

Dogma—95"道格玛95"是20世纪90年代中期由几个丹麦电影人发起的一场电影运动，他们倡导使用DV摄像机来创作，同时希望抵制当代电影工业化的制作模式。

电影《黑暗中的舞者》之各类剧照。

## 1.5　眼睛与视知觉

眼睛是人类获取外界信息的主要器官之一，通过视像所获得的信息要远远超过其他类触觉的深度和广度。也正基于此，眼睛的视觉感官能力在现代医学和心理学中受到了广泛的认识和研究。人类从原始、单一的画面认知到当代快速剪辑的广告和MTV视频，其实是一个不断进化和学习的过程，在这其中不仅涉及了普通生理学的知识，还涉及到了视觉艺术学的内容。可以说，以摄影和摄像作为代表的现代性艺术是一系列集合了技术与艺术、实践与理论的综合性视觉表现方式。

人们在对视觉艺术展现的过程中发现：人类眼睛，尤其是假定为观众的眼睛在欣赏视觉艺术作品时具有和我们通常认识所不同的生理功能和心理状态。这些错综复杂的知识相互结合形成了我们一般意义上的视知觉科学。

眼睛和人类所发明的照相机、摄像机有着生物仿生学上的相似性。从这个角度来看，镜头似乎就像人的眼睛。

我们用来测视力的字母，在提供认知以外，还提示方向与意义等，以此来进行辨认和提示。

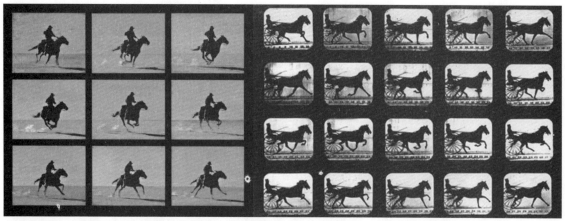

视觉暂留现象是人眼的一种生理功能，它为人眼能够观看活动影像提供了生物学意义上的解释。图为麦布里奇所进行的其他几类奔马实验。

视知觉科学是指对将要到达眼睛的可见光信息进行一定的科学解释，通常这些可见光信息可以引导人的行为和知觉能力；同时视知觉科学还研究眼球器官接收到视觉刺激后，对人类大脑的接收和辨识过程。由此看来，视知觉大约涵盖了两大元素，即视觉接收和视觉认知。简单地说，就是我们通过眼睛看到了什么属于医学定义上的生理功能；而了解看到物体的意义，大脑怎么作出反应等则是属于视觉认知的功能。由此可见，现代视觉化艺术包括摄像艺术，和人的眼睛以及视觉心理有着十分紧密的关系。下面我们从活动影像拍摄的角度，对眼睛的生理功能和艺术心理功能作一个分别的阐释。

对于以摄像技术为主导的电影、电视和活动影像来说，人眼具有一项十分特殊的生理功能，即视觉暂留现象。该现象是指人眼在观察景物时，光信号传入大脑神经，再历时一个极短的时间后，视觉形象储留在大脑记忆中，在一段时间后才会逐渐消失。人们把这种残留的视觉记忆称为后像，而视觉的这种短暂记忆能力称为视觉暂留。

拍摄联系着人类的生活、价值与信仰，并具有自身独特的美学意义。这是一门视觉的艺术品。

由于视觉暂留是在光对视网膜产生作用之后而发生的视觉现象，它的发生时间段约为几毫秒，和每秒20多帧的电影画面或是动态画面相比，它的发生时间转瞬即逝，但仍然会为每秒内前后连续的两张画面产生重复叠影的效果，继而在大脑接收后转换成前后活动的映像，形成了流动的画面知觉。眼睛的这种基本生理现象从根本上解释了电影、电视、动画以及大部分活动视觉艺术产生的机理，具有非常强的指导功能。

人们由这个基本生理功能出发，对活动视觉进行了一定的定性化研究，以此来为视觉创作提供理论指导的依据。首先人眼和大脑对视觉认知采取的是符号化的辨识方法，也就是说人眼看到

视觉符号具有很多特定的意义和内容，需要通过一定的历史、文化、知识、环境等综合因素进行判定。

的物体转化到大脑之后是以符号化的方式归类与分析的，这个过程其实有点像小孩对图形的分类。那么这种符号越是明显，大脑反应和理解的速度就越快，这就解释了为什么大部分的画面构图以几何和规则图形作为一种内在标准时，人们会快速产生认知感和强烈的美感。

其次，各种视觉符号具有自身特有的视觉语言和视觉语法，简单地说视觉的表现和叙述有着自身独特的规律和手法。人们在复现和创作这种视觉艺术时必须遵循规则和有效地模仿规则，而不是肆意地突破和随性地篡改。我们在长期的摄像拍摄创作中，一直偏执地认为摄像拍摄的语言规律来自于西方，属于纯粹的西语化特点，缺少东方和中国特有的表现能力，一味地坚持使用自己的画面表达。拍摄出来的作品缺少活力和生动性，对画面的表现缺乏透视感和简洁感，这些都是值得我们反省的方面。应该说，视觉语言是一个客观存在的人类通识，我们需要着力塑造的是内容和精神气质中的中国特点，而不是置客观现象于不顾，任由自我随意的发挥。

最后，人们的这种视觉能力需要长期的培养和训练。这个概念已经超出了普通人的承受范围，我们一般认为科学和人文知识需要学习，但是随着视觉艺术的高速发展，人对视觉艺术的欣赏和认知也慢慢变得困难起来，这就提醒我们在现代视觉环境下，影像尤其是动态影像需要长期的学习和临摹。其实，这个非常显著的特点已经在我们的社会中产生，人们发现大部分80年代后出生的年轻人，对视觉影像有着特殊的偏好，他们喜欢电视、电子游戏，对动画和动漫有着高度的切合感，而他们出生成长的年代正是整个中国和世界，电视和商业视频业高度发展的时期，也可以说这些年龄段的人在后天培养中训练出了和他们父辈完全不一样的视觉体系。这是为什么大部分中老年人对现代电视和电影有着无法理解的重要解释之一，不是他们的信息和思维落后，而是他们缺失了本应该在全球传播的视觉学习过程。通常，人们将这个训练过程称为视觉教养。

整个摄像过程从操作层面上而言，是完全无视于眼睛的这些生理现象和视觉心理的，但是摄像的结果是为人服务，是为人的精神世界服务，这就又回到了摄像的一个起点，这种以技术为导入的视觉形式最后为人类呈现的是艺术的精神内涵。它提示我们，摄像和我们的眼睛、耳朵、心理等一系列生理与心理有着很紧密的结合，排斥或忽略这些内容，充其量就是具有技术合格的记录信息而已。在此，我们向大家引荐的只是摄像艺术庞大知识的一角，读者们可以由此展开联系，不断地自我学习，从而创作出更多的优秀影像作品来。

---

**？ 思考与练习**

1. 静态图片与动态影像的相互联系及其历史继承。

2. 各类电视节目的制作体例。

3. 观看是人眼的生理功能，而学会观看则是后天训练的过程。

# Chapter 2

# 第二章 摄像机的基本构造

摄像器材的发展十分迅猛。由于技术的快速更迭和厂家对于占领市场的考虑，摄像器材的更新频率常常高于用户的器材折损率，这就使得各级用户可以不时地享受到新技术为我们带来的便捷。但与此同时这也为大部分的用户带来许多困扰，比如最为突出的情况就是用户的使用方法等。

以下我们将对摄像器材的结构作一个大致的概览，以方便读者能够从一个更大的范围内对摄像器材有一个比较系统的了解。首先是对市场上可以购买的各类摄像设备的介绍；其次是对摄像机上各种重要的部件作一个分类的叙述，包括摄像机的镜头和感光元件，以及与摄像机十分密切的各类辅助设备等等。

当我们对摄像机的整体结构作了一番简略地分析之后，我们就可以根据自己的实际出发，对市场上各类摄像机作一个大概的分类，从而可以更好地挑选出符合自己的品牌与器材。一般我们基于三点考虑，它们分别是价格、功能和使用频率。

## 2.1 各类摄像设备

从目前市场上来看，大致有四大类摄像器材：供专业电影制作与拍摄使用的电影摄影机，其中包括高清数字电影摄影机等；供各类、各级用户使用的民用数字摄像机，其中包括广播级摄像机、专业级摄像机和普通家用级摄像机等等；供从电影级制作到家庭使用的各类数字照相机，其中既包括单反类数字相机，也包括微单等非单反类数字相机等等；最后是手机等一系列用于简单拍摄的其他类器材。

### （1）专业电影摄影机

电影摄影机应该是我们目前所知的最为清晰和高端的器材，它面向专业用户和企业，同时售价十分昂贵，普通商家或用户简直无法企及。因此，唯一的办法只有两个，租借和花大价钱购买一个。一般而言，即使是大型的制片厂或是广告公司也倾向于第一种选择，通过租赁器材的办法来完成影片，最重要的是这些公司会带来一批熟练的技术工人，他们会为你在片场出现的任何技术问题给出一个满意的答案（图1）。

广播级摄像机主要以拍摄电视台播出的节目为主，兼及对图像质量要求较高的各类制作片。

由于数字技术的高速发展，其实它已经悄然延伸进了电影制作中，或许数字电影的摄制是电影领域中最晚几个才被数字技术占据的领域。当我们发现数字电影已经风靡的年代，导演和制片人才开始慢慢相信数字技术似乎也是可以一试的东西。之前或是现在更多的时候人们仍然相信：高清只属于胶片。对于专业的电影摄影机来说，作为记录介质的胶片是一个无法动摇的地位，它可以为观众带来全高清的视觉享受，也就是说和我们普通35mm胶片大小的底片投影在影院屏幕上的活动影像，是人类迄今为止最为杰出的动态画面并且没有之一。

而这种至上的地位现在正在被数字电影机们慢慢地撼动。由于数字技术发展的无限可能，它已经可以真实地模仿出胶片的清晰水平，并且这种发展势必在未来会被不断地超越。数字相机技术的飞跃已经给所有人一个震惊的答案，所以我们也可以坚信，在未来的某天我们可以复现几乎现实的影像画面，而这只能是数字摄影机的功劳（图2）。

那么对于当前的数字电影摄影机来说，它毫无疑问应该是全部高清的，也只有这样的数字电影摄影机才可以和普通胶片电影机相媲美。另外数字电影摄影机可以方便地在现场和各种电子设备相互连接，比如大型电脑和监视器等，相比胶片的冲洗和转印来说，它的每个环节几乎不会出现数据丢失。从这一点来说，数字电影机的优势要强于胶片，但是人们的视觉习惯已经对胶片略微粗糙的颗粒产生了依赖，所以当一个毫无瑕疵的画面出现在观众面前时，我们往往是无法接受的。

各类电影摄影机的制作厂商中大部分来自欧洲，这和欧洲作为电影发源地有着密切的关系，其中以德国的阿莱最具代表性；另外很多日本品牌也挤入了电影摄影机的高端领域，其中以索尼、松下为翘楚；对于好莱坞来说，他们不仅兼容并蓄，同时还发展出了自己的优势品牌红一（RED ONE），这个品牌的摄影机可以说是目前电影摄影机中独树一帜的器材，不仅可以视为一台普通胶片摄影机，同时它还提出了模块化的设计理念，也就是说你可以把那些经典的附件和镜头加载在这台机器上，最突出的优势在于它比普通的电影机要便宜一半左右的价格。如果你是一个顶级发烧友，实在热爱影像，咬一咬牙还是可以承受的。这也意味着数字电影摄影机以一种不可思议的低价迅速震撼了业界，它标志着电影开始进入平民时代，数字器材和电脑可以使得高端业余用户有机会制作出一部在影院中播映的短片，这是电影作为动态影像中的领头羊出现的颠覆性转变（图3）。

最后不得不重申一点，数字电影摄影机已经在不断地取代和替换胶片摄影机，最终以数字电影机为主的市场和局面应该是未来电影和高端影像市场的趋势。对各类数字电影机来说，它可以直接和我们熟悉的3D与影像特效、你想到或想不到的数字技术相互结合。就在2007年全球主要电影机生产厂商全年推出的摄影机新品中几乎没有一台胶片摄影机，这几乎可以很有理由地告诉用户数字是这个世界的未来与主宰。正如著名导演乔治·卢卡斯所预言的，电子和数码摄影会带来成本的大幅度降低，它将引发电影制作的革命。这种革命的浪潮，据我们所知，早已在民用市场中开始蔓延（图4）。

图1，专业电影拍摄是一个团队共同完成的结果，其复杂的操作是拍摄时的一个突出问题。

图2，高清数字摄影机的出现正在动摇传统胶片电影摄影机的地位，其杰出的技术功能势必在未来整体超越胶片电影摄影机的各种技术指标。图为索尼高清数字摄影机系列。

图3，高清数字技术使得摄影机的价格有所动摇，让一部分极端的影像爱好者可以领略到专业影像的效果。图为正在不断崛起的高清数字摄影机红一。

图4，在数字照相机中占据半壁江山的日本品牌佳能，也在开始抢夺高端数字摄影机市场。其在35mm照相机上的优势技术不仅成功转移到了高清数字摄影机上，同时还具有诸如镜头、附件等综合优势，实力不可小觑。图为佳能的电影级高清数字摄影机Canon c300。

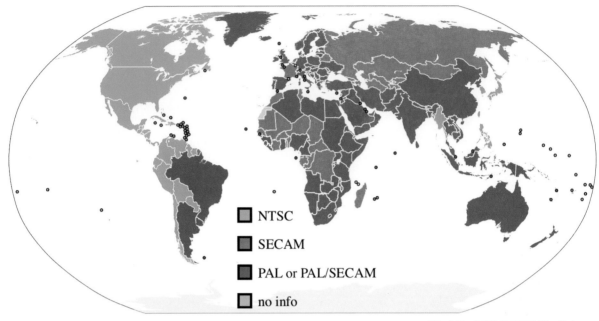

NTSC

SECAM

PAL or PAL/SECAM

no info

图5，PAL、NTSC以及SECAM这三种主
要制式在全球的分布情况示意图。

图6，松下品牌的DVCPRO格式摄
像机。

## （2）民用数字摄像机

民用数字摄像机的市场庞大，分类也相对较为复杂，以下我们从摄像机的用途、摄像机的制式、摄像机的格式三个大类分别详细地对市场上的摄像机作一个大致的归类。

● **摄像机的用途**

按用户的基本功能、适用范围以及图像效果来看，市面上的摄像机大致可分为广播级、专业级和业余级三个大类。

第一类是广播级摄像机。顾名思义由于拍摄内容和用途，决定了这种摄像机的高端拍摄效果和图像质量。现在的广播级摄像机技术指标要求最高，以目前各类消费者手中现有的机型来看，仍然使用的模拟机水平分辨率约为800线左右，大部分全高清摄像机画面像素标准为1920×1080p。

广播级摄像机主要以拍摄电视台播出的节目为主，兼及对图像质量要求较高的各类制作片。由于价格的相对合理性，也有少部分高端用户自行购买，用于商业制作、小型电影制作等等。广播级摄像机功能齐全、品质优异，同时体积与重量也较大。这类摄像机一般较少有便携样式，外拍时需用三脚架，难以长时间肩扛拍摄。演播摄影棚内的座机则体形更大更重，必须完全使用支撑系统固定拍摄。目前，有部分座机可以在演播室内实现无人拍摄，它们一般固定在室内滑道横梁或摇臂上，既可以实现导控室的远距离操作，也可以实现近处的遥控指挥，十分方便简洁。

专业级摄像机虽然在各项功能和指标上不及广播级摄像机，但是正确操作加上一定的后期处理仍然可以拍摄出令人满意的图像。

第二类是专业级摄像机，图像质量要求相对广播级摄像机较弱一点。目前看来这类摄像机也逐渐达到了高清水平，各大厂商的高端专业级摄像机一般为全高清配置，达到1080p的逐行分辨率，多用于拍摄会务、展演、专题片、婚礼纪实等。其中专业级摄像机中也有一些高配置型号，我们将它称为准广播级，也就是说它可以用做电视台播出栏目的拍摄要求，方便制作一些小型节目或片花记录等。专业级摄像机外形与广播级相比，体积和外形有了明显的减少，同时还有便携式机型推出，深受经常有外拍任务的新闻类摄像师或娱乐采访类摄像师的欢迎。

和广播级摄像机相比，专业级摄像机的功能和综合水平已经日趋完备，在人工或照度良好的情况下，画面质量与拾音水平也不相上下。最主要的是专业级摄像机为了求得价格与性能的平衡，适当简化了光学镜头和电子成像元件的大小，使得在一些特殊环境下的表现相对差强人意，但是普通用户在非专业设备的检测下其实是很难分辨的。无论如何，它提供了一个绝对可以承受的价格让普通人也享受了专业效果，和家中的电脑连接后即可方便剪辑，成为摄像机市场上的主力。

业余级摄像机主要满足家庭用户的使用需要。现在市场上还出现可以拍摄3D的家用摄像机，使得普通人也可以体验3D效果。

第三类是业余级摄像机，也称家用级或消费级，这个类别摄像机的分类比较复杂。显而易见，此类摄像机图像质量的指标要求是最低的。以机型、品牌之不同，其各种水平分辨率的差别甚大，一般在480线左右。最新的家用DV高配置机型亦可达500~600线，而有些早年购买的普通家用模拟机大约只有250线甚至不到。

业余级摄像机外形体积一般较小，有些便携产品甚至可以藏于口

日本JVC公司的VHS系列摄像机。

日本SONY公司的VIDEO 8系列摄像机。

DV是由众多日产企业联合制定的一种数字视频格式，已经成为目前市场上的主流。其中DV即为Digital Video，数字视频。

袋，拍摄起来也十分方便。业余级摄像机多为家庭用户拍摄家庭生活、孩子成长记录、外出旅游观光等。由于手机及一系列便携摄像设备的迅猛发展，这类小型业余型摄像机的市场在逐渐萎缩，不断被其他兼容性的摄像设备所取代。另外业余型摄像机也是厂商分类销售的一种策略，它在90年代末期使各家厂商大获其利，目前只是满足初学和老年用户的基本需要。

我们目前手中拥有的家用摄像机品种十分繁杂，现将各类常见产品作一个前后分类，其中不少产品已经淘汰出市场，只能在二手交换市场中觅得。它们分别是VHS系统、VIDEO8系统和DV数字系统。

VHS是英文VIDEO HOME SYSTEM（家庭录像系统）的缩写，又称大1/2。VHS系统包括VHS、VHS-C、S-VHS和S-VHS-C四种规格的摄像机，VHS系统使用大1/2英寸录像带。它是由日本JVC公司在1976年开发的一种家用录像机录制和播放标准。

VIDEO8系统摄像机又称8mm系统，共有三种规格：包括V8，又标8；Hi8，又超8两种模拟格式；以及DV8一种数字格式，其中DV8可以通用Hi8的录像带。以上两种系统目前已经基本遭到淘汰，除一些普通用户家庭原有的旧机以外，商店里已不见其踪影，顾客在二手市场中尽量不要考虑这些过时的模拟机。如果想了解摄像机的发展进程或是对收藏机器有兴趣，则又另当别论。

现在我们使用的各类摄像机几乎完全被DV数字系统所取代，而且已经基本实现高清化和无带化。就目前不断研发的摄像机新机型来看，已经普遍使用高容量存储卡或内置硬盘技术。

DV，Digital Video数字视频。于1995年由日本索尼、松下、夏普、佳能等多家日产企业联合制定的一种数字视频格式，经过多年的市场营销和占领已被世界各国所公认。DV格式中最低也能达到分辨率720×576，消费级又称Mini DV，迷你DV。各类DV摄像机均采用先进的数字技术，使用录像带或其他存储介质，图像画质大大提高。DV摄像机不仅品种繁多、技术先进，同时新机型的推出速度也层出不穷。

● 摄像机的制式

摄像机的主要功能是为电视媒体的广播服务，因此在长时间的电视制作播出中，各国、各地区的电视台都采用了不同的技术标准来加以规范，用来实现电视图像和声音信号的统一播放，我们通常把这种电视信号的标准简称为制式。历经时间的筛选，现在世界各国的播映系统中有：PAL、NTSC、SECAM三大类制式。延续至今，同样也造成了摄像机从拍摄开始的制式设定，这已经成为了一种普遍习惯（图5）。

PAL制式为625条扫描线，25帧/秒。欧洲以英国为代表，亚洲以中国为代表，全世界约有50个国家和地区采用PAL制。

NTSC制式为525条扫描线，29.97帧/秒，通常简称为30帧/秒。美洲以美国为代表，亚洲以日本为代表，全世界将近30个国家和地区采用NTSC制。

SECAM制式为625条扫描线，25帧/秒，欧洲以法国为代表，亚洲以蒙古为代表，以及俄罗斯和非洲的某些国家，全世界有近30个国家和地区采用SECAM制。其中绿色为NTSC制式的分布情况，褐色为SECAM制式的分布情况，其余为PAL制式的分布略图。我国使用的是PAL制式。

此外，如今的高清摄录机中还设置了以24 FPS 的胶片帧频记录的功能。这种24帧逐行扫描画面与电影规格同步，即实现每秒24格图像的能力，能够极为方便地转换到电影胶片上，可实现用摄录机创作电影标准视频节目。

● 摄像机的格式

严格来说，摄像机的格式是特指录像机而言的，而摄像机本身并无格式之说。以往，人们通常把一台摄像机与一台录像机结合起来使用，因此我们就以录像机格式来划分它们。由于如今的摄像机基本上均为摄录一体机，按功能应当称做摄录机才更为准确。但是同时它也具有强大的录像功能，根据录像部分的格式称谓，我们也把这样结合一体的摄像机称为该种格式的摄像机。比如，一台BETACAM SP格式的模拟录像机与一台摄像机结合，我们称它为模拟摄像机；但是，假如仍旧是这台摄像机而与它结合的录像机改成 BETACAM SX 数字格式，我们便称它为SX 数字格式摄像机。下面我们将分两步对摄像机的模拟与数字作一个对比，同时将当代的数字格式摄像机作一个详细的归类。

第一步，我们对过去的模拟摄像机和数字摄像机格式作一个大略的对比。

首先，模拟机摄录的图像质量较差，相对来说数字信号则在清晰度等方面有了大大提高，能够满足人们的欣赏需求。况且，模拟信号素材在后期编辑、复制的过程中每复制一版就要造成约20%的损耗。复制三四版后，图像质量基本已经无法正常观看。而数字格式的文件，它的复制完全无损，这就有利于制作出相对图像品质较高的节目；其次，数字格式便于同电脑连接，特别是运用各种数字处理技术能够产生花样繁多的表现形式，从而增强了画面的艺术表现效果，使之更具吸引力和可看性。

模拟机时代的索尼品牌摄像机DXC—M3A机型。

索尼品牌的DVCAM格式摄像机。

如今，模拟摄录机已逐渐被数字机所取代，各类市级以上电视台基本都已实现数字化全覆盖，同时正在由数字化向全面高清化过渡。在此有必要着重说明的是，具体某种机型在不同时期、地区有不同的归类，这是电视业根据自身发展的需要所作的一种人为划分标准。由于技术先进、品质优良的新器材不断涌现，导致设备多次更新换代，旧机型必定面临降级以至于完全淘汰。这就出现了一些较早的广播级摄像机在某些数据指标上甚至不及当前优质的DV家用摄像机的现象。

第二步，我们对各类数字格式的摄像机作一番详细的分类。

第一种，DV格式家用摄像机。这是目前使用最广泛的家用机型。它的图像质量及音响效果几乎接近专业水平。一台高档次的3CCD家用级摄像机所摄录的镜头，中景以内图像品质与专业机简直难分伯仲。这就让摄像爱好者信心倍增，鼓励他们积极参与摄像创作活动。毫无疑问，这必然促进DV家用机市场商业销售的昌盛，同时又促使各品牌商家不断推出新产品、新机型，以适应市场的竞争。因而DV格式家用摄像机品种最多，器材与型号以及各类附件也十分庞大，几乎难以统计。DV格式发展稳定已经十分成熟，被公认为是一种国际标准。DV格式还延伸到专业领域，派生出两种专业格式：DVCPRO和DVCAM。目前，这两种格式都由高向低与DV格式兼容。

三星品牌的MICRO MV格式摄像机。

第二种，DVCPRO格式摄像机。分为三种级别：DVCPRO 25为专业级或准广播级；DVCPRO 50为广播级；DVCPRO 100可归入高清晰度电视系统范畴。DVCPRO格式摄像机设计得比较轻巧，因其录像带体积小且有便携式编辑机，十分适合于新闻采访报道的使用。DVCPRO格式与DV格式单向兼容（图6）。

第三种，DVCAM格式摄像机。这种格式机型源于DV格式，比普通DV更有发展前途，属于专业级，可用于拍摄质量要求较高的各类电视节目和视频。DVCAM格式与DV格式同时具有双向兼容的能力。

第四种，MICRO MV格式摄像机。这是一种专业的数字录像格式。它采用了MPEG-2技术，录像带体积缩小许多，摄像机机型当然也相应做得更小。但是MICRO MV格式在后期编辑中存在一点缺陷，它的画面不能精确到帧，难以满足精编的要求。

第五种，DVDCAM光盘摄像机。这种类型机器采用光盘作为记录载体，使用的是8cm DVD - RAM 或 DVD - R光盘，拍好在摄像机内刻印的光盘可以直接在普通家庭DVD影碟机上播放，十分适合普通家庭用户的需求。

东芝品牌的DVDCAM光盘摄像机。

第六种，HDD格式数字摄像机。这种类型机器采用无磁带工作方案，内置一个小型硬盘，可以用来记录若干小时高品质的图像画面。

第七种，数字8mm格式摄像机。它所采用的技术与DV格式一样，具有相同的图像质量及音响效果，同时又兼容模拟时代的V8和Hi8录像带。但由于各种市场因素和人为选择的结果，无法与DV格式相互竞争，目前已基本淘汰出消费市场。

索尼品牌的HDD 格式数字摄像机。

第八种，IMX格式摄像机。这种类型摄像机多以高品质模式拍摄，图像质量较好且抗震性能也很好。目前已有不少电视台使用，多用于拍摄图像质量要求较高的文艺、专题节目。IMX格式编辑机具有良好的兼容性，对以SONY品牌为主的各种类型产品基本上都能接受。

第九种，DVW格式摄像机。它属于早期数字格式，沿用至今经久不衰,已经十分成熟，具有相当的稳定性。DVW格式摄像机几乎成为目前电视的主流机型。DVW格式摄像机原多用于高画质要求的拍摄，比如电视剧或文艺演播等。由于高清摄录设备的出现逐步抢占了电视剧摄制，因而DVW格式摄像机现在也被用来拍摄一般的电视节目。

第十种，BETACAM SX格式摄像机。这是在BETACAM SP模拟格式基础上发展起来的数字机，图像品质甚佳。最显著的特点是它的兼容性，它对SP模拟格式能完全接纳，并可直接转换为SX数字格式。由于世界各国及国内各地电视制作格式多样，节目交流活动一般以SP作为普遍通行的基本格式，因而 BETACAM SX格式在电视作品发行交换方面占据相当强的优势。

索尼品牌的IMX格式摄像机。

第十一种，XDCAM格式专业光盘摄录一体机。它采用无磁带工作流程，适合于电视台新闻及专题节目制作。它具有编辑功能，与配套的便携式录像机一起使用，可以实现移动编辑，且具有良好的网络联通性，节目或素材可以通过互联网等迅速传回电视台。

第十二种，HDV格式摄像机。它俗称"小高清"或"高清DV"，它的分辨率有两种：$1440 \times 1080/50i$和$1280 \times 720/50p$。这为电视图像从标清到高清的平稳过渡搭建了一座桥梁。HDV格式系列产品可以进行NTSC制或PAL制的自由切换，基本上一机便可走遍世界。HDV格式既有广播专业产品，也有业余级民用品。HDV格式一般只限于磁带记录，不利于使用新介质等方式的存储，具有一定的发展限制。

第十三种，HDCAM格式摄像机。这也属于数字高清摄录系统，简单来说这就是高清版本的Digital Betacam摄像机，具有优异的压缩算法和良好的音频收讯功能，图像品质超群，多应用于清晰度要求极高的影视片的摄制等。人们将此视为一种搭建电视与电影画质沟通的桥梁，业已成为电视制作媒体的高清母版格式 。

### （3）高清数字照相机

摄影和摄像是一对天生的兄弟。胶片时代中，电影摄影机就受到了摄影照片的启发，同样摄影的35mm照相机规格也正是35mm电影胶片的延续。亦动亦静的画面对于人类感官来说或许只是暂停和流动，而对于人类的技术来说有时候却是一种艰难的跨越。因此，刚刚进入数字时代

索尼品牌的DVW格式摄像机。

就有很多厂商大胆地将照相机设计成一个兼拍视频的工具，但是直到不久之前用照相机拍摄视频的技术才真正地获得了成功。

我们都知道电影其实是每秒24张滚动的照片，数字照相机的单张照片画质已经非常优异，如果将这样可靠的画质加以连贯，那么出现的视频影像将是令人震惊的画面。基于这样的考虑，各家厂商在对小型数字相机的成熟技术上不断发展，并且把这种技术运用到了35mm类型的单反相机上，成为了新时代一个异军突起的视频器材。

从成像画质来说，照相机视频功能的强弱由照相机的电子感光元件所决定；而从取景方式与体积大小来说，照相机的视频功能则和照相机的型号高低分类有关。

索尼品牌的BETACAM SX格式摄像机。

首先，我们从成像画质上对目前市场上可以拍摄视频的相机作一个简单的分类。这一类相机由机器本身感光元件的大小所支配，更大的感光元件无论从成像水平还是从画面质量上来看都可以获得一个更佳的视觉效果。现在可以拍摄视频的数字相机主要集中在小型相机上，即我们熟知的35mm相机。对于目前研发的35mm数字相机而言，其实只存在两大类感光元件，即全画幅数码相机和非全画幅数码相机。毫无疑问，全画幅数码相机拥有和35mm胶片相机相同的画面尺寸和大小，是最为优良的成像器材。即使是拍摄动态画面影像，全画幅数码相机也可以获得难以置信的景深效果和画面清晰度，堪比电影级的画质。其中比较著名的以佳能的EOS 5D MAKEⅡ为代表。由于该类相机本身的静态图片质量已经十分惊人，一般已达到2000万左右像素，拍摄的视频影像更是达到全高清的1980×1080p格式大小，成为目前各类高端视频摄像器材的有力竞争对手。很多电影导演和广告制作人纷纷购入此类相机，作为他们拍摄影片的主力机型。

佳能品牌的HDV格式摄像机。

那么除了全画幅数码相机之外，其他可以拍摄视频类的数码相机就可以统称为非全画幅的数码相机。由于相机本身根据成像感光元件来划分有着比较复杂的分类，而真正可以用做实际拍摄视频的数码相机却只占很小的一部分，因此我们简略地把非全画幅数码相机分成两类：一类是APS画幅的数码相机，另一类是画幅尺寸更小的数码相机。这两类相机的优劣，尤其是拍摄视频画面的优劣还是由数码相机的成像元件所决定的，也可以说在数码相机拍摄视频的功能上成像元件是唯一一个决定性因素。在非全画幅相机中，以尼康的D90相机为代表。这也是第一款投入市场可以拍摄达到720p高清画质的数码相机。此外，佳能的EOS 7D也是一款极其出色的视频拍摄利器。可以说，在数码相机的视频功能开发上，佳能和尼康公司成为了这个行业内的表率，它们通过对相机本身画质的开发，用强大的技术手段抢占了中高端的摄像机市场，给摄像机的研发和市场分类带来了更大的挑战。而普通的其他数码类相机，特别是一些小型数码相机早已有着长久时间的视频拍摄功能，因为我们通常只关注相机的摄影画面功能，对相机的视频功能常常忽视，所以更好地开发一下手中或家中已有的小型相机，将它作为视频拍摄的入门和实验工具也不失为两全其美的好办法。

索尼品牌的HDCAM格式摄像机。

其次，我们根据各类相机的取景方式和外观上再来划分一下视频

单从成像面积而言，普通相机几乎和高端摄像机的成像面积持平。

佳能EOS 5D MAKE II。该机颠覆了数字影像的概念，使得拍摄电影级的画面触手可得。

类的数码相机。一种是传统的光学式单镜头反光相机，另一种是全新的微单相机或一般的普通数码相机。这两种相机的最大差别在于微单相机取消了五棱镜的反光取景系统，使得光学镜头可以直接贴近成像元件成像，具有更好的成像质量和优异的画质表现，体积和重量也获得良好的减负，成为新一代家庭用户的新宠。而传统的单镜头反光相机拥有更加成熟的各类技术，在综合数据的实现上更是无可挑剔，对于各类技术用户都是不二的首选。

那么对于微单类的数码相机来说，比如松下GH1就是一款非常优秀的型号，它不仅可以兼容各类丰富的手动和自动镜头，同时它在体积和价格方面也是非常诱人的。即使进行了如此的扩容，这类相机仍然在画质表现上可以达到1080p的高清水平，具有和一般单反相机分庭抗礼的特征。但是从最后表现实力上来看，由于成像元件的略微缩减，它在一些极端表现水平上还是不及单反的全画幅类相机，这是值得用户注意的一个方面。

综上看来，数码相机的视频拍摄功能具有非常杰出的画质能力，它的上限几乎可以和十几万元甚至是几十万元高端摄像器材相媲美。如果说数码相机的不足在哪里，可以说当前各类数码相机的声音收录始终是无法回避的缺陷，毕竟数码相机的主要功能是拍照而不是录音。因此根据实践用户的反馈，大部分用做视频拍摄的相机均会采取外接话筒和另配同步高端录音笔的方式来作为匹配。

应该说，数码相机的视频化是数码相机厂商的一种市场策略，这本不是数码相机的专长，但是数字技术的优化使这项功能得以顺理成章地展开。因此，无论从长远发展，还是专业拍摄来看，更加专业和系统的摄像设备依然是不变的原则。比如一般视频类数码相机的数据存储时间具有严格的上限，也就是说极端的超过几十分钟连续长镜头拍摄仍然是相机的软肋。可以看到，数码相机的市场介入给摄像器材市场带来一次革命性的颠覆，毕竟这给普通人打通了前往高端视频影像的通道，也为更多的摄像师带来了不同的选择。总体来说，拿着一个拍照的相机来拍摄视频的活计，到底还是一件不顺手的事情。

### （4）手机及其他拍摄器材

或许人们并没有意识到一种通讯工具将会如此巨大地改变我们的生活，还在不久之前，人们曾经对手机的画面显得有点嗤之以鼻。但是如果今天有谁给你显示一段视频或者画面时，你肯定不会惊讶于这是一台

目前来说几乎所有的照相机都具有了视频拍摄功能，小型的非全画幅相机在成像质量等综合素质上略次于全画幅相机。

手机的杰作。对于摄像器材来说，手机等便携式的移动工具极大地改变了整个摄像视频的格局，一个再专业的摄像师也比不上一群时时拿着手机行动的路人。所以，这让我们经常在媒体中看到不少手机视频的市井新闻。其实，无论摄影记者，还是摄像记者都在隐隐地感到这个数字时代的威胁，普通人使用摄影和摄像的能力实在让很多记者们失去了第一现场的作用，这也正是手机等视频工具迅猛发展的原因之一。

目前可以被归为视频工具的便携式产品大体上可以分成两类：一类就是以手机为主的通讯类工具；另一类是具有摄像头功能的便携式电脑类，以苹果品牌的IPAD平板电脑为代表。

早在2000年，日本的夏普品牌就推出了全球第一款具有摄影拍照功能的普通手机J-SH04。这款在当时只对日本本土销售的手机并没有引起很多人的关注，特别是它拍摄的手机图像粗糙模糊，几乎没有人看好这会是未来手机的功能，因此不久之后也就销声匿迹。直到两年之后，著名的手机品牌诺基亚推出了一款当时顶级配置的7650型号，这款手机的一个炫亮功能就是可以同时拍摄静态和动态画面，动态视频采用标准的AVI视频格式，可以方便地与电脑软件连接实现各种不同的视频剪辑，另外该款手机还具有无限时的存储机构，画面长度完全由存储卡的大小所决定，从理论上讲这款手机具有几乎不限时的视频记录功能。此款手机的推出标志着一个视频时代的悄然开启，虽然人们在当时用手机拍摄一段视频或影像时完全出于一种个人娱乐和游戏，但是谁也没想到很多年后，居然还有人专门找来手机拍摄一部影片。2011年岁末在美国本地公映了世界上第一部标准时间长度的手机电影《橄榄》，时长约为90分钟。这部影片的播放意味着，手机这种通讯工具的全面视频化的成熟。

手机视频功能的全盛得益于三项技术的支撑，一个是手机彩屏功能的实现，另一个是手机高清像素的实现，最后一个是手机的大屏幕技术的实现。这从根本上解决了手机画面的劣质问题，而这种具有小型化与高清化的趋势正是和整个摄像机发展的未来相互吻合。由于这三项技术的突破，手机视频功能几乎可以取代目前市场上一些低端和粗制的家用DV，而且更是比此前一些模拟时代的机器更加优秀。以目前市场上比较先进的Iphone4S为例，它具有800万像素的静止图片摄像头，1080p的逐行扫描视频、30帧/秒的功能，此外还有多达十几个G的内存和蓝牙、无线网络、3G等联网功能，可以说一个视频高手可以在一台手机上完成精细的拍摄、大致的剪辑和高速的上网，由于大屏幕的支持更是满足了视频浏览的需要，这完全让普通人随时携带了一台高清摄像机和简易电脑。

但是，我们也要指出手机的摄像功能只能视为手机的一种补充，最多是我们普通练习的工具，它的诸多功能都是兼容的，也说明这些功能只能满足基本的拍摄，是厂商获取市场份额的一种营销战略。比如苹果手机的高清需要在一定照度下才能达到最优的表现，而手机的视频画面还与大部分摄像机有着一定距离等等。无论如何，拥有一台手机比拥有一台摄像机更来得方便，它不断地启发我们，拍摄永远就在手中马上开始。

数码相机的视频拍摄虽然优势明显，但收录声音等其他方面则是其天然的软肋。

应该说用相机拍摄视频只是厂商的一种市场占领策略。如果在没有附件支持下拍摄视频，长时间的持握也是一个很大的问题。

另外还有一大类视频拍摄工具就比较复杂，由于现代电脑的小型化和平板化，造成很多电脑携带和安装了摄像头功能，虽然这只是满足最初的网络聊天功能，但也有很多人慢慢地把平板电脑等作为拍摄工具。此外还有很多新一代的数码产品都具有摄影和摄像的双重功能，就使用和方便来说，这只能看作一种附加功能的体现，更多时候人们使用这些影像功能只是为了解决燃眉之急。随着技术的发展，未来肯定会有类似手机的兼容视频工具诞生，这将为人们带来更多的视觉服务和享受。

手机强大的摄影与视频功能几乎让所有的专业厂商目瞪口呆，它们几乎取代了所有的低端相机与摄像机。

## 2.2 摄像机光学镜头

无论何种类型的摄像机，它最基本的功能是图像摄录功能。虽然各种摄像机的结构千差万别，但任何一台摄像机都必定由一系列镜头组成。一般我们所说的镜头有两种概念，一种是指各类摄像设备中用以生成影像的光学部件；另一种是指从摄像设备开机到关机所拍摄下来的一段连续画面，或两个剪接点之间的画面片段。由于这两种概念经常在摄像术语中相互混用，造成一定的误读。虽然专业人士可以方便地在上下语境中读懂其本身含义，但是我们在作基本解释时还是严格地将此加以区分，以方便读者的阅读。通常我们把前者称为光学镜头，而把后者称为镜头画面。下面我们着重关注的是摄像机光学镜头的概念。

一般来说，摄像机上的光学镜头指一组由各类凹凸透镜所组成的光学透镜。镜头由内向外通常分为光圈叶片、光学镜片和外部镜头筒等几大部件，与我们所知的照相机镜头相似。另外摄像机会在镜头筒外侧设置一些外部按钮，如调焦环、变焦钮，同时还会设计一些手握皮带等等，以此组成比较常见的摄像机镜头外部样貌。

这是目前全球首部公映的具有标准时长的手机电影《橄榄》，时长为90分钟。图为拍摄现场使用的摄录设备与手机。

光学镜头的基本作用是将通过透镜的光线成像于机内的电子感光元件上。由感光元件将被摄物体的光学信号经过光电转换后，变成可以传递的电子视频信号存储在机内的记录介质中。镜头的光学特性是指由其光学结构所形成的基本物理性能。任何一个光学镜头的物理特性和三个特性密切相关，即镜头的焦距、镜头视场角和光圈。

### （1）镜头的焦距

焦距是指从光学透镜的中心到进入透镜后光线汇集的焦点的距离。按照光学镜头焦距的长短不同，摄像机镜头可分为短焦距镜头、标准镜

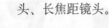

光学镜头是摄像机上的重要部件，它主要承担光线的收集，将光线投射到感光元件上等功能。

头、长焦距镜头。

● 广角镜

广角镜头又称短焦距镜头，在实际运用中，通常用变焦距镜头中的短焦部分来拍摄。广角镜头视角宽广，拍摄范围大，可在近距离表现较大场景；广角镜头景深大，可使前景、后景都比较清晰，并且能夸大景物比例和画面透视感。

广角镜头有较明显的光学变形，尤其在边缘部分效果特别明显，人为拉长了景物的边缘，有时也可以用它作为特殊效果的造型。广角镜头在表现运动主体时，能加强主体纵向运动的动感，减弱横向运动的动感。因此，广角镜头也可以用来调整影像的画面节奏。使用广角镜头拍摄有利于画面平稳，因其有着较大的景深，可以比较方便地表现画面中的诸多物体。现代光学技术的成熟，不断地克服了广角镜头的一些畸变劣势，同时带来更好的色彩还原力与画质清晰度。

● 标准镜头

标准镜头焦距的长短，与摄像管光电靶面上的成像面的对角线长度相等。专业摄像机光电靶面上的成像面一般为20×15mm，其对角线长度为25mm。因此标准镜头焦距通常为25 mm。

焦距长度大于像平面对角线的镜头，称为长焦距镜头。例如75mm镜头。而焦距长度小于像平面对角线的镜头，称为短焦距镜头或广角镜头。例如10mm镜头。

广角类摄像镜头，它的视角较广，拍摄范围也较大，利于展现空间和透视效果。

通过调节镜头内部镜头组，使焦距发生变化的镜头，称为变焦距镜头。如果拍摄距离不变，镜头焦距越长，拍摄到的场景范围越小，景物在画面中所占面积就越大；镜头焦距越短，拍摄到的场景范围越大，景物在画面中所占面积越小。

由于标准镜头拍摄的画面效果最接近人眼，同时表现物体的透视和比例关系也最接近人眼的习惯，因此经常在各类拍摄时大量地使用，所摄画面比较亲切自然，具有良好的光学性能。

典型广角镜头的拍摄效果。

● 长焦距镜头

长焦距镜头又称望远镜头，适合于远距离拍摄，画面畸变小，常用来拍摄人物特写。在实际运用中，通常用变焦距镜头中的长焦端来拍摄人物和远处的物体。

长焦距镜头景深范围小，能造成画面主体与背景影像的明显虚实。通过虚出、虚入法的手段，有时可以将长焦距镜头应用到类似的场景转换中。另外，长焦距镜头还能压缩纵向空间，使画面形象饱满紧凑，富有蓬勃的张力。如果将长焦距镜头的运动速度改变，可以调整观众的观看节奏，加强横向运动物体的动感，从而适当减弱纵向运动物体的运动效果。

### （2）镜头视场角

镜头视场角是指镜头视场大小的参数，它决定了镜头能够清晰成像的空间范围。镜头的视场角的大小约为成像面边缘与镜头光心点形成的夹角。一般视场角受成像面尺寸和焦距两个因素制约。在拍摄中，成像面尺寸一般是固定不变的，因而只能通过改变焦距来实现视场角大小的变化。

在拍摄距离相同情况下，镜头焦距越长，视场角越小，镜头在焦平面上能够清晰成像的空间范围越小。反之，镜头焦距越短，视场角越大，镜头在焦平面上能够清晰成像的空间范围就越大。以下是常见各类型镜头的视场角数据：标准镜头的视场角约为50度左右；长焦距镜头的视场角小于40度；广角镜头的视场角大于 60度，一般在 60~130 度之间。而130~230 度则称为超广角镜头。

超广角镜头由于夸张的光学变形，能得到特殊的影像效果，也是我们利用光学现象达到的基本造型手段之一。其中鱼眼镜头可以视为一种极为特殊的超广角镜头，它是指画面的实际呈现效果达到180度以上，类似于鱼在水底的观看效果。

镜头焦距与视场角在实际拍摄中还会产生透视关系问题。透视关系是指摄像机使用不同焦距的镜头，由于视场角的不同，会造成所摄对象在画面中的成像面积大小、背景范围和远近位置及比例等一系列关系的变化。

### （3）光圈与景深

光圈又称相对孔径，一般是指镜头的入射光孔的直径与焦距之比。相对孔径表明镜头接纳光线的多少，是决定摄像机的光电靶照度和分辨率的重要因素。焦平面照度与镜头通光孔大小成正比，即与相对孔径的平方成正比，那么相对孔径的倒数就被称为光圈系数。

通常的光圈系数前加设字母F，一般常见的光圈值有：F1.4、F2、F2.8、F4、F5.6、F8、F11、F16、F22 等。在按快门时间和感光度不变的情况下，光圈系数逐级变动，相邻两级之间的光通量为两倍变化。如将光圈从2调到1.4，镜头光通量增加了一倍；从2.8调到4，光通量减少到原来的一半；从16调到8，光通量变成原来的四倍，以此类推。

摄像机的快门速度，一般说来很少去改变，因此摄像机通常借助调节光圈大小完成准确曝光任务。摄像师还可以通过调节滤色片来改变光通量，实现对光圈大小的主动控制。在专业摄像机上，通常都设置有一档 5600 K + 1/8 ND 滤色片，使用灰片即因减少光通量而必须开大光圈以保证准确曝光，从而达到大光圈拍摄的效果。

以上镜头焦距、视场角、相对孔径、光圈系数

通常各类摄像机上装载的随机镜头大部分为标准镜头。标准镜头的画面效果同裸眼的观察效果相似，同时具有和人眼相似的透视与比例关系。

长焦镜头可以有效地压缩空间，突出主体。同时，长焦镜头的体积和长度也是分辨它的一个主要标志。

典型长焦镜头的拍摄效果。

像鱼眼镜头这类特殊镜头，虽然超越了人眼极限，但是却严格依照光学原理设计制造。

光圈设置在镜头内部，用以调节光线进入多或少的一种装置。

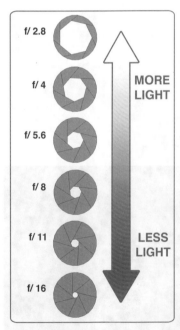

光圈系数决定了光圈的大小。一般来说，系数越大，光圈越小；系数越小，光圈越大。

之间密切相关，属于光学镜头的最基本点。在实际拍摄中，还必须掌握景深知识以及拍摄对象在画面中的透视关系所形成的不同效果等等。透视关系的改变，是由于镜头焦距不同、视场角变化而造成。

景深是指拍摄景物在画面中呈现清晰影像的前后范围。景深范围之外的影像是不清晰的虚像。景深范围受焦距、光圈和拍摄距离的直接影响。镜头焦距越长，光圈越大，拍摄距离越近，则景深范围越小；镜头焦距越短，光圈越小，拍摄距离越远，则景深范围越大。

## 2.3　感光元件与画幅尺寸

数字摄像机采用电子感光元件作为光电信号转换的器件。它的工作原理是将通过镜头采集的光线分解成可以被电子方式处理的数据信息，并把这些有规律的信号统一记录在一定介质上。其实感光元件是由一个个非常小的感应器规则排列组合而成，每单个感应器件受到光线感应后即会产生各种不同亮度的小点，以此对应在我们所见的画面中。而这些极小的点就是影像视频中最小的单位，称为像素。正如所知，像素越多，画面的精细度就越高，而高清画面可以理解为一系列排布紧密而且像素极多的点。通常像素有一个相对极限值，如果超过眼睛的精细程度，即使在技术上可以达到，实际的作用也不是很大，这也是为什么近些年来各家厂商慢慢地在高像素领域失去了竞争的动力。

那么对于感光元件而言，采用何种方式将光信号转译成电信号过程成为了画面色彩、精细度、解析力等一系列技术指标的基础。就数字摄像机来说，市场上有两种典型的感光元件CCD和CMOS；同时为了达到最优的动态影像和颜色，厂商们还使用了三片感光元件同时感光，即三芯片技术。另外，感光元件的优劣还直接和感官元件的尺寸大小直接相关，并且影响影像实际播出的效果，即影像展示的屏幕尺寸和比例。

### （1）CCD

CCD，Charge-coupled Device，又称为电荷耦合器，是一种半导体器件，可以直接将光学信号转换为数字电信号，实现图像的获取、存储、传输、处理和复现。它的特点是体积小、重量轻、比较抗冲击和震动，性能稳定、寿命长；另外光学灵敏度高、噪点比较低，动态范围大、像素集成度高。但是CCD的制造需要专门的工艺，这使得它有比较高的生产成本和较高的售价，进而也推高了摄像机的价格。另外CCD还具有高耗电的特点，对于摄像机的电池也是很大的考验。

普通而言，CCD传感器可以拍摄出高质量、低噪波的画面，对照度较弱的拍摄环境具有较好的表现力，暗部细节也较丰富。因此，CCD感光元件可以说是目前各种摄像器材上的主流。由于它的研发时间较长、技术也比较先进，获得市场的认可度，以日本的索尼和松下公司产品为代表。目前，它正在接受CMOS感光元件的全面挑战。

### （2）CMOS

CMOS, Complementary Metal Oxide Semiconductor, 又称互补金属氧化物半导体，是一种像素和成像品质略低于CCD的电子感光设备。由于它的生产成本相比CCD价格要相对低廉，所以被越来越多的摄像器材所采用，以期降低摄像机的整体售价，赢得更多的市场份额。

同CCD相比，CMOS最大的缺陷在于它成像质量相对粗糙，不能彻底解决暗部噪波对拍摄低照度环境时的细节影响，因此会带来更多的图像杂质。这个道理就如同我们在胶片时代中发现高感光度胶片在拍摄暗部环境时带来令人不悦的粗颗粒一样，是CMOS这类感光元件最大的硬伤。而这个原因来自于CMOS和CCD不一样的光电转换方式，CMOS感光元件采用单个像素单个读取、单个记录的方式，使得每个单像素上必须配备一个微型放大器，该放大器挤占了像素表面，造成了实际感光时CMOS比真实感光面积略小的事实，同时这个减小的光信号又需要加强电流来放大，从而造成了噪点。

但是相对CCD来说，CMOS感光元件的用电量较少，对摄像机的用电是一个很好的帮助，为经常外出拍摄的摄像师提供了便利。通常CMOS类摄像机的售价相对性价比较高，成为目前很多高端摄像机亲民的重要原因，这样的结果无疑为用户带来了极好的技术体验。虽然CMOS总体来说不及CCD的技术先进，但是它的发展技术却是有目共睹的。比如美国的高端数码摄像机红一系列、日本的著名照相机品牌佳能摄像机都是目前市场上使用CMOS感光元件的优秀代表。2011年底佳能公司更是一举推出了C300型号的电影级数码摄像机，其中便使用了一款佳能的看家技术SUPER 35mm CMOS感光元件，成为了高端摄像器材上杀出的一匹黑马。

### （3）三芯片技术

三芯片技术，简单来说就是在摄像机中分别设置了三块规格相同但工作方式不同的感光芯片，用来对进入镜头的光线分类处理，达到真实

景深可以简单地认为是画面主体前后的清晰度。图中即是一个大景深的影像截图，从图中可以看到建筑从近至远均呈现为清晰。

图示为一个浅景深的影像，前方主体清晰，后方物体模糊。

图为摄像机内部CCD传感器的构造。由于CCD内置在摄像机中，使得人们无法窥其究竟。

使用CMOS感光元件的红一系列摄像机，由于核心组件的价格优势，使得这种过去仅在高端使用的电影级摄像机也开始为世人所用。

还原场景的作用。在详述三芯片技术前，我们有必要对光有一个初步的了解。大家知道，光通过三棱镜的分色之后可以看到赤、橙、黄、绿、青、蓝、紫这七种不同颜色，这是大家共知的一个基本光学现象。科学家们经过更加详细分类之后，还发现光可以集中在红、绿、蓝这三种基本色彩上，即我们通常所说的RGB。它们的相互搭配可以组成人类所见的几乎所有的光线。通过光线反射作用后，人眼就可以观看到五彩缤纷的颜色。

对于摄像机来说，尤其是数字摄像机来说，早期的科学家们不得不把这些可以区别的光线集中在一个感光元件上，这就造成了当时摄像机的画面色彩干涩、颜色还原失真等劣势。现在我们还能经常在电视中看到80年代前后的电视剧，比如一些经典的金庸武打港剧，人们会发现那些电视剧中的画面颜色有着一种奇怪的感觉。而这正是受到当时技术的制约，各类摄像机上不能很好地还原颜色的缺陷。

进入90年代后，厂商们发现这些单片技术不仅阻碍了摄像和观看的效果，同时也不利于产品的不断更新和市场扩容。由此人们想到是否可以把进入镜头的光线人为地分成三种基本色，再经过数字技术的整合后归位成统一的图像呢？显然这是一个可以做到的答案。因为光在自然界中无法自动分化成三种基本色，所以当光线经过镜头之后，人们通过设置分色镜的办法将光线人为地分成红、绿、蓝三种基本色。分色镜表面涂有高低两种多层干扰的薄膜，光线经过该镜时会被同类颜色薄膜所反射，而被异类颜色薄膜所通过。那么对应地，人们在摄像机中设置三块不同的感光芯片对每一个单独分离出来的颜色光线感光，从而保证了光线的纯净度和完整度。一般来说这三种芯片的摆放有着前后关系，它们和感应这种颜色光线的波长有关，即蓝色、红色和绿色。经过这样分类处理的光线最后被转换成各种不同的电子信号，再由摄像机中主机芯片进行一定的拼接与组合，通常来说就是图像叠加之后，便可以呈现出我们真实场景中的实体。

以上的这个过程就是我们所知的三芯片技术原理。今天人类发明的两种不同感光元件都使用了这种核心技术，用以提高图像的整体成像质量。因此我们既有3CCD的摄像机，也有3CMOS的摄像机，以方便用户的自行挑选。对于使用了三芯片技术的摄像机而言，它在成像原理上决定了其技术是远远超过单芯片技术摄像机的，这也是为什么大部分市场上的高端摄像机采用这种标准配置的原因。它保证了高级摄像机的画质清晰、细节丰富的优势，特别是对于高清影像来说有着不可或缺的技术支持。其实这个道理很好理解，本来摄像机中的光线需要由一个处理部件来完成，现在我们增加到三个处理部件来工作，而后者的最终效果肯定是优于前者的。目前来看，各类三芯片技术已经趋于成熟，而唯一限制其快速发展的原因就是价格高昂、技术复杂，所以短时间内很难向低端或普通摄像机领域推广。随着技术的不断进步，我们相信市场上全部采用三芯片技术摄像机的未来是指日可待的。

### （4）感光元件的尺寸

摄像机的成像质量还与摄像机内感光元件的尺寸密切相关。简单来说，就是与该部摄像机内感光元件的成像面积有着直接关系。感光元件的尺寸越大，其表现的画面素质和成像质量就越优异，同时该类感光元件的摄像机价格也随之提高；反之亦然。

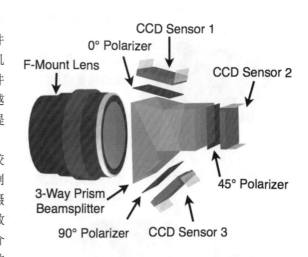

同电影摄影机的胶片尺寸一样，越是大的胶片尺寸能带来越是优异的影院效果，同时电影制作成本和各种其他技术成本也相应增加。数码摄像机一旦拥有了比较大的感光元件，其产生的数据信号容量也相应加大，从而需要更大的记录介质和后期制作的高性能电脑。这是对影像制作的一种平衡与选择，用户在购买数字摄像机时就需要充分考虑到这一点，你的最终用途和观看对象、你的制作流程和人员配置、你的费用开销和电脑后期制作等等都是影响购买多大尺寸的感光元件摄像机的因素。

如图示意了光线经过镜头后，如何通过分色镜的作用分别成像于红、绿、蓝三种不同的感光元件上。

胶片时代我们使用的电影摄影机有35mm全尺寸画面、16mm画面以及8mm画面等等几种电影画面尺寸。今天我们使用的数字摄像机也沿用了这种方法，就分类而言则要比电影摄影机的分类来得更加复杂。最好的数字摄像机感光元件的尺寸无疑就是同电影胶片一样大小的35mm画面，这种类型的摄像机常被用做电影拍摄或是高质量画面的节目、影片等，同样这种摄像机的价格也是极其昂贵的。它们不仅画面效果一流，同时影像素质甚至能超越电影胶片的效果，达到约4K左右的分辨率，即4096×2160像素的画面。这也是电影胶片所能呈现的画质极限，但由于胶片在拷贝中常常会丢失画质精度，所以通过影院展现的胶片电影从实际来说是根本没有4K画质的。除非你看到的是母带，而这基本就是妄想。就此来说，数字摄像机的4K画面在这点上是绝对超越了电影摄影机，它给我们带来了拍摄时所见的无比真实的高清感。

那么摄像机的其他感光元件大小则是由该类成像器的靶面尺寸所决定的，我们为了方便分类，依照靶面矩形所在的对角线长度来划分各类小于35mm的非全画幅摄像机，常用英寸作为定义标准。1英寸的感光元件对角线长约16mm，其靶面尺寸为宽12.7mm×高9.6mm，对角线16mm；2/3英寸的感光元件对角线长约11mm，其靶面尺寸为宽8.8mm×高6.6mm；1/2英寸的感光元件长约对角线8mm，其靶面尺寸为宽6.4mm×高4.8mm；1/3英寸的感光元件对角线长约6mm，其靶面尺寸为宽4.8mm×高3.6mm；1/4英寸的感光元件对角线长约4mm，其靶面尺寸为宽3.2mm×高2.4mm等等。

根据这样的分类，我们在购买摄像机时就能很快明白摄像机的一些基本信息，比如市场上1/4英寸和1/3英寸摄像机是最为常见的，这类摄像机在价格和画面质量上有着比较好的平衡。就实际使用效果来看，成像感光元件的大小并不一定与画质、成像、色彩等有着必然关系，说

使用三芯片技术的摄像机在成像与画质上均显示出无与伦比的细腻感。

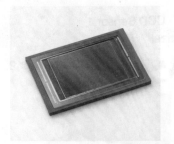
感光面积的大小决定了画质优异的程度。毫无疑问,感光面积越大,成像越是优异。

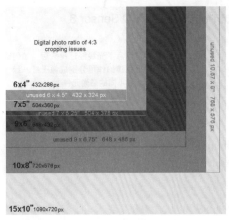
各种不同感光元件之面积对比图,从中我们可以很清楚地了解到各种不同尺寸感光器的大小。

35mm大小的数字摄像机超过1/3英寸画幅的摄像机是可能的,但是说1/3英寸一定低于或差于1/2英寸摄像机的表现则有点勉为其难。这些相异的补足主要依靠摄像师和后期制作人员的共同努力,一个相对较小的感光元件摄像机通过合理的使用和技术手段也能拍出令人满意的画面来。

另外,感光元件的大小还与前文所提的视场角有着密切关系。感光元件越大,视场角越大,可以拍摄和容纳景物的范围也越大;反之,感光元件较小,视场角的区域就相对较小,可以拍摄和容纳物体的范围就越少。这个道理同照相机上全画幅相机和APS类相机的画幅大小原理相同,表现的实际情况也相同。读者可以自行对比,来更好地理解视场角与镜头和成像感光元件面积三者之间的关系。

同时,针对于今天不断发展的电视和演示系统来说,视频拍摄记录初期的摄像机也作出了相应地调整。即我们观看的屏幕从过去的4:3这种传统比例屏幕,调整成现在16:9这种全新比例屏幕。对于摄像机来说,可以采用两种不同的办法来应付这种变化。一种就是将摄像机感光元件进行上下遮挡,从而可以实现宽屏幕的效果,但是这势必会浪费一部分成像面积,使画质受损且达不到实际画面要求;另一种就是重新研制一款标准宽屏幕的成像元件,但造价和技术也随之加大,画质和比例却得到最优化的体现。现在来看,市场上两者兼有,且后者的发展似乎越来越快,用户也趋向于花更多的钱来拍摄真正意义上16:9的画质。对于未来而言,这些仅仅只是开始,我们会造出更大和更优质的成像元件来满足人类对于视觉的享受。有时候这更像是一种视觉催眠。

### (5) 画幅与屏幕

接下来,我们讨论一下观众观看影像时的屏幕大小、比例与摄像机之间的关系。这其实在传统电影制作中被人们更多地提及,而在摄像中人们似乎很有意识地回避了这个现实问题。现在很多人已经真实体会过宽屏时代的影像效果,这种身临其境的感受力往往让所有人暂时忘却了现实。所以,现在我们很有必要来了解一下,画幅和屏幕对观众也是对摄像师在最初拍摄时的一种制约。

应该说,目前电视媒体没有采用宽屏或者是16:9比例画面的原因多种多样。整套电视制作器材、拍摄工具、传送方式直到用户家庭的电视机、网络、收视效果等等的限制都从不同角度约束了电视媒体主动使用新比例画幅的愿望。但这并不是说,用户家庭和公司、企业中就杜绝了此种新技术的推广,比如商业拍摄、婚礼纪实、会展宣传等相对小范围的视频播出中,用户和拍摄者都更愿意倾向于使用较新的画面比例和屏幕,以求得与时代同步的享受。

在传统电影时代我们的屏幕受到的是画面比例的控制。早期电影采用了1.33:1的屏幕画布,约上世纪50年代之后,人们开始慢慢使用宽屏幕类画布。今天我们大致有两种比较典型的屏幕尺寸比例,一种是

大部分摄像机采用1/3英寸的感光器,即使是广播级摄像机。图为使用1/3英寸的JVC品牌广播级摄像机GY-HM790。

图7，宽屏的概念最早起源于电影，目的在于让动态影像更符合双眼观看的需要。

图8，一方面通过数字技术实现宽屏更加方便，另一方面数字技术也可以让观者获得良好的高清享受。图为目前市场上常见的宽屏幕液晶电视。

图9，录像带迄今仍然是一种十分常见的影像记录介质，但重复使用率低，且不易保存，目前正在被其他固体记录介质所替代。

图10，全新一代存储卡XQD。虽然目前只使用在照相机上，但由索尼公司开发的这款新产品一定会在未来的数字高清摄像机上大放异彩。

图11，电池是摄像机正常工作的必备，尤其是外出拍摄时一定要备足电池，以防临场因无电或缺电而影响工作。

图13，照明灯的主要功能是提供人造光源，以提高拍摄场景内的照度。

图12，良好的习惯是保证电池长期使用的根本，不妨建议各位将充电器一直随身携带，以备不时之需。

1.85:1的标准屏幕，另一种是2.35:1的宽屏幕。显然，这不同比例的屏幕从后期反过来要求摄影机在拍摄时就需要考虑好其成像画面的设置与调整，当然这种情况也适用于数字影像拍摄器材（图7）。

全新的视频比例由摄像机的成像元件比例所决定。

比之胶片而言，数字摄像机能够更方便地进行调整。标准屏幕的成像摄像机在遮挡后进行宽屏幕拍摄，会损失一定的成像面积和各种硬指标；同样，如果有宽屏幕成像摄像机，则可以直接用于宽屏幕影像的拍摄。老实说，人们似乎更热衷于那些略微矮扁的宽屏幕，因为这更符合双眼的视觉要求，我们所见的标准屏幕其实是对摄像师拍摄时单眼取景的模仿，而双眼的视觉复现唯有宽屏才能达到（图8）。

在这其中画幅的尺寸，也就是前文所提的感光元件大小决定我们最终在屏幕上播放影像的质量，同等感光元件在同等比例的屏幕上播放时，可以达到完全一致的影像预想和图像。非同等的感光元件虽然可以达到视觉表现上的相似，但是在观看质量等方面却有着天壤之别。随着播放器材厂商的不断更新，它们所推出的新产品也在反制于摄制器材的厂商推出与之匹配的新产品，对于用户来说这是完全被动的过程。即使在这个变化中，消费者享受了新技术的优势，但他们也不得不为每次厂商的新决定买单，这是一个很奇怪的悖论。对于一般的商业化摄像师来说，制作几种不同的播放规格的影片，同时在拍摄时预先了解用户的实际展示对象，都可以比较好地为自己的拍摄器材定位。

## 2.4 周边设备与器材

摄像机的拍摄过程是个系统工程。在这其中，各种辅助设备与器材可以很好地帮助摄影师完成摄像工作。下面，我们将对拍摄中与摄像机使用最为密切的几种设备和器材作一个大致简述，同时也建立一个明确的概念，仅仅只使用摄像机本体进行拍摄的影片在今天几乎已经无迹可寻，也或者说这种使用一台摄像机完成某个影像的时代已经一去不复返了。

### （1）记录介质

目前摄像机的记录介质大体上分为两类，一种是我们熟悉的录像带；另一种是不断更新的固体记录载体，有硬盘、存储卡等。

首先介绍的是录像带。它是最为常见也是目前使用历史最长的影像记录载体，是摄录机进行视音频元素写入并存储的标准介质之一。录像带是摄像活动的必备器材之一，它与摄像机的关系好比子弹与枪的关系。不同类型摄像机必须使用与之相配的录像带。录像带品质的好坏和使用方法正确与否，直接影响到图像质量的优劣。在有条件的情况下，尽可能使用新的录像带拍摄，我们主张在使用前如果可以的话最好先"空跑"一遍，防止录像带粘连（图9）。

录像带的起始部分有可能质量不好，尽量让开不用。在录像带的开头应按惯例录制一分钟彩条并接30秒黑场，然后再拍摄正式画面，以确保后期编辑工作顺利进行。将内置信号发生器的彩条视频和测试音（1 KHZ 正弦波）记录在磁带的开头部分。然后按事先指定的时间长度记录黑色视频信号（黑场）和屏蔽音频信号。当记录完成时，摄录机将进入记录待机方式。在记录待机位置的时间码值将变为事先指定的时间码。录像带盒上有保险装置，拍摄时应正确设定在可拍摄位置。需长期保留图像的录像带应去除档舌或设定在保险位置，以避免误抹。

在拍摄时如果出现磁头警告信号，提示摄像机磁头被堵塞，此时不可继续拍摄，需要立即清洗磁头。应急的办法是：利用录像带空白部分，以"快速放像"的方式擦拭磁头大约十秒钟，可能会排除故障。录像带应轻装轻卸，防止碰撞冲击，关合磁带仓盖宜均匀用力。长期存放的录像带应当编号归档以备查考，并倒转到起始位置后装入盒中，竖直放置于阴凉干燥通风处。录像带怕热怕潮又怕灰，应当注意除湿防霉，还需远离强磁场以及避免震动。霉变录像带切不可使用，以免损坏摄像机磁头和其他机件。

其次介绍的是固体记录载体。随着数字技术在影视领域的应用和发展，如今摄像机已经向着无带化迈进，出现使用光盘或硬盘，乃至使用存储卡来记录影像音画的技术。这种新技术没有任何驱动装置，无须机械传动，因而维护成本较低，储存空间也很大。目前最大的存储卡，如雷克沙的CF卡可以达到128G的容量，每秒写入信息速度为150M的惊人指标。

在家用级领域，DV摄录信号的固体记录载体有DVD光盘、HDD硬盘、SD存储卡等多种。这些全新的存储介质可以直接被计算机识别，复制传输环节实现非线性化和无损的数据传输，也可以说这是真正意义上的影像数字化过程。尤其SD卡具有轻便小巧易插拔等优点，是未来存储记录介质发展的趋势。

比如，日本索尼公司在专业级领域也推出的PMW-EX1高清摄录机，其分辨率达1920×1080，采用两片可插拔存储卡作为记录载体。这种SXS存储卡容量为16GB，以标清格式可记录70分钟，高清记录达50分钟。由于设计为双卡又可随时热插拔，因此在理论上实现了无穷记录。这种新型摄录机大大提高了图像清晰度，实现了全高清标准。

另外索尼公司还为全新一代的尼康旗舰级相机D4配置了一款XQD卡，虽然这是针对照相机行业的存储卡系统，但是由于尼康的这款相机也可以进行高清摄像，因此这种卡的面市意味着更强的存储卡的诞生。从厂商宣布的指标和技术来看，他们瞄准了已经发展到极限的CF卡系统，同时拓展了SD卡的一些不足，成为下一代各类存储卡发展的方向和标准。XQD卡包含一种令人惊讶

随着技术的不断进步，高清摄像机开始慢慢使用诸如存储卡等固体记录介质。如图示，注意机身尾部的存储卡插槽，以及各种存储卡。

的技术，即卡体本身支持无线传输，也就是说在现场一定范围内，通过无线信号可以直接将数据传到主机或网络，这是过去各类存储卡都无法实现的一个特殊功能（图10）。

### （2）电池

电源是保证摄像活动正常进行的动力之源。尤其在户外拍摄，没有交流电源时，电池就成了摄像活动的关键。有经验的摄像师会在外出拍摄时多带几块电池，以备不时之需（图11）。

了解和使用电池，应从电池的基本装卸开始。电池安装到摄像机卡座上，必须准确到位，通常会有自然而明晰的"咔嗒"声。电池使用到报警信号提示时，就应及时更换电池。卸电池的步骤一般要求是：先关闭摄像机总电源，寻像器关闭后，经确认后才可取卸。有的摄像机在摄录状态中假如突然取卸电池，会造成录像带移位而找不准编辑点，并且摄录的时间数据同时消失，计数回零，从而增加很多不必要的麻烦。

对于摄像机的电池充电应及时，不可长时间空置。有的电池具有记忆功能，没有用尽时不可充电，须先行放电而后充电以保证其功效，延长电池使用寿命。这里介绍一种比较简易放电方法：可将摄像机处于工作状态，用以放映录像带或者反复推、拉变焦，直至电池电量耗尽，一般不推荐使用（图12）。

新电池初始几次应当过量充电，一般按照通常做法新电池第一次使用完后，需一次性充电8~10小时以使其性能逐渐趋于稳定。而旧电池充电以充电适配器的指示灯信号为准，不宜过分延长充电时间。现在各类摄像机都开始配备锂电池作为标准电源，这类电池比传统电池充电时间短、电量持久且保存时间较长，同时支持反复多次充电等，大家可以按照产品说明参考使用，以保证电池的寿命。

如果有可能，当有多块电池时可以将它们相应编号，次第轮流使用。拍摄完毕，应从摄像机上卸下电池并妥善存放于阴凉干燥处，并保证电池金属部分不接触其他金属器件，防止走电。电池千万不可冲击碰撞，以防短路。遇到应急情况，已无电池可替时，一般可采用以下方法，将事前已用尽并卸下的电池重新装上使用，这样还可维持几分钟，但这只是救急之法，不可反复操作。

外接式的独立话筒可以提高收音质量，为后期制作提供便利。

### （3）独立话筒

一般摄像机的标准随机话筒可以满足普通拍摄的需要，高端摄像机的拾音话筒同时兼具一定的自选选项等。但摄像机上的话筒有一个明显的缺点，即必须与拍摄画面方向一致，在摄像机镜头方向以外的声音无法获得直接的收录，因此有条件的情况下必须为摄像机配备一个外置的独立话筒，以方便声音的同期收录。

选择时，我们必须选用与摄像机类型配套的外接话筒，外接话筒规格很多，价格不等，其使用效果也各异。外接话筒是本机话筒的延伸，为了确保语言音质效果，尽可能减弱杂音，严肃的拍摄题材下必须使用外接话筒。一般我们使用外接话筒的情况主要是用于新闻采访或人物访

用户在使用时要注意外接话筒与摄像机的插口是否匹配、统一。

"以LED为材料的冷光源灯成为便携式光源的代表，受到很多外景摄像师的青睐。"

谈，同步录制现场声。

外接话筒与本机连接，要注意插件口径大小一致。口径不一的，应配备转换插头。摄像机接上外接话筒后，一般就自动切断本机话筒线路，因此应当先做试验，确认连接无误后再正式拍摄。在拍摄过程中必须进行监听，确保声音效果良好，防止无声或因接触不良造成声音断断续续。监听可采用小型耳塞听筒连接摄像机耳机插孔，有的摄像机本机装有小扬声器则无须再接耳机，尤为方便。

#### （4）照明设备

在光照条件较差时拍摄，应当使用照明设备以提高图像质量。通常在演播室内有各种专业的照明设备和电源来保证各种光线的营造，同时在拍摄诸如电影或电视音乐片等都有专业的影视灯光相辅助。当然普通摄像是在进行外出拍摄或者某些室内拍摄时，也应该携带一定的照明设备，以保证画面的照度和色彩还原。通常，摄像机对低照度的环境反应较差，因此推荐使用各类不同的照明灯具。

一般普通外出拍摄可以携带的照明灯，有蓄电池摄像灯和使用交流电的新闻灯。照明灯的最基本功能是提高场景环境的照度，以保证所拍摄的画质良好。同时，照明灯也是对被摄主体进行造型的一种手段（图13）。

使用交流电新闻灯拍摄效果较好，蓄电池摄像灯使用方便，但其电力容量较小。使用交流电新闻灯照明要注意：由于各类灯管长时间开启后很热，应该防止灯罩等灼伤皮肤和人；勿靠近易燃易爆物品；关闭后尚未冷透，放置要小心；不要时开时关，以延长灯管寿命。而使用各类蓄电池照明灯时，用毕后应及时进行充电。

此外，最新市场上还推出了长时间大功率的冷光源灯，以LED作为发光材料，使用普通电池或专用电池等，既可以满足小型摄像拍摄，也可以满足摄影的拍摄需要，还可以充当户外灯光使用，受到很多摄像师的青睐。

#### （5）监视器

监视器可用于在摄录的同时对画面监视、重放、检查或作观赏用。专业监视器图像显示指标较高。家用监视器多为液晶彩色画面显示屏，不仅能监视拍摄的构图效果，还可以监视图像色彩，这对于黑白寻像器的摄像机来说尤为有益。

DV摄像机及多种家用摄像机上均已配置显示屏，使用十分方便。如今有的专业机上也装有监视屏，便于回放和检查色彩。此外，监视器的使用对摄像教学也很有裨益，老师可以通过监视器一起观察拍摄效果，及时与学员沟通，进行有的放矢的指导。

监视器通过外接手段装置在摄像机上，可以提供更加清晰与逼真的拍摄影像。

### （6）三脚架与云台

三脚架可用于固定摄像机，以保证所摄画面的稳定和清晰。凡拍摄现场条件允许，请尽量使用三脚架。长焦距、微距拍摄更应当使用三脚架以力求画面的质量。

使用三脚架时先校准其水平面，从而保证摇摄等运动镜头的拍摄效果。三脚架要求牢靠，伸展时要检查各关节部位到位并锁定。三脚架与摄像机联结，必须确保牢固还应认真检查，确认无误才可放手以防不测。三脚架档次高低、品质优劣差距悬殊，有条件的尽可能使用高档次的优质品。高档三脚架的活动阻尼及操作手感自然舒适，便于得心应手、运用自如地拍摄，尤其拍运动镜头可望得到活动平滑、流畅、和顺、均匀的画面。

三脚架与云台配合使用可以方便拍摄的流畅与顺利。

另外三脚架上还有一个特殊活动装置，我们称为云台。云台保证了三脚架与其紧密结合，同时更为了方便摄像机和它快速连接，保证摄像机在三脚架上的自如运动。一般三脚架购买时会根据实际需要配有专用摄像用三脚架、专用摄影用三脚架及摄影与摄像两用三脚架等；相应地也会有各种不同云台供用户选择。

如果只是进行摄像使用，建议购买专门的摄像三脚架，其承受的稳定度和精度会更好。同时还需另配专门的摄像云台，以保证摄像机的运动拍摄。无论何种云台，它的根本标准在于能够朝各个方向自如运动，同时具有一定的阻尼性。即使用拍摄时保证有阻力感，另外还能感到一定的顺滑力，以方便摄像师在拍摄各类运动镜头时的流畅和舒适。对于两用型三脚架来说，兼容的重点是其承受器材的重量，一般摄像机均重于各类照相器材，加上各种摄像机上的附件，普通三脚架无法承受这样的重量，同时小型云台也无法操作自如。这些须知，用户在购买时应该引起注意。

摄像专用三脚架能够为拍摄提供更好的支撑，同时兼顾到灵活度与方便性，提供很多专业的操纵功能。

## 2.5　如何挑选合适的器材

挑选合适的器材来使用，无异于如虎添翼。好的器材不仅价格昂贵，其功能也十分复杂，对于各类用户来说，每个人的使用和偏好都各有兼顾，价高质优的器材或许很好，却不一定适合每一个人。如果从初学用户、有经验的用户以及品牌等诸多问题来考虑，这简直是一个无法协调的问题。但是器材毕竟要买，各种扭结也必须承受，下面我们可以仅从功能、价格和使用这三点出发，给大家一些小小的建议，也可以说是某种思路的启发。

### （1）价格

把价格推高至第一位，有着很多必然的道理。通常我们购买总是以价格决定先从哪一类水平的机型入手。初学者通常觉得自己是试着玩玩，不应该买一台很贵的机器；有经验的用户觉得自己是老手，或许不应该去看那些价格很低的器材。这些都是一些我们固有的偏见。

如果你是一个一直将此作为学习和职业的初学者，建议大家在第一台机器上不妨试着多投入一点，那会给你带来低价格机器上不可能拥有的功能和设置，比如手动化的白平衡、声音电平调节等等，而这些小玩意很可能是你未来通向专业之路的基础。

而如果你是一个有着一定经验的老手，出于价格和商业利润的考虑，适当降低一些价格挑选一部略微简单功能的器材，也不一定就会影响拍摄质量，而这会让你有更多资金投入到附件和后期设备上，这未尝不是一种更好的平衡。

所以，价格是我们关注的第一问题，但有时候也不能被价格局限了思路。很多家庭用户听专业人士推荐，购买了一些性价比较低的产品，对于他们来说这简直就是一场噩梦。专业器材单项价格可能很低，但专业器材是一组器材、一套需要搭配的组合，这样的价格却往往不低。而很多品牌亲民地在一种机器中加入了不少好料，使得器材性价比极高，这对于家庭使用来讲就是绰绰有余的好机器。反之，这种道理也可以推广在你选购第二台和第三台机器的思路上。最后有必要告之的是商家永远不会卖出一台低于价值的器材，这就是说低价和好机器永远是一对绝缘体，不可能存在捡漏的可能。

价格是平衡器材的一个重要砝码。图为手持式便携摄像机，性价比很高，但功能相对较弱。

### （2）功能

这一项对于专业用户和商业用户而言是一项制约，它可以很好地限定自己挑选的器材再贵一点、功能再多一点的欲望。很多一直使用摄像机的用户总是觉得自己的器材比别人少了点东西，以至于自己拍不出的那个好镜头完全归罪于没买那个镜头、那种类型成像的摄像机等等。其实想想这种多一个功能的想法其实很可笑，电影摄影机的功能算是强大，不考虑到其价格来说，你在没有长期实践的情况下能够自如使用吗？所以这就回到了一个很简单的问题，你的工作或者你对自己技术和能力的预估决定了这台机器的专业功能。

当然这也不是说，你挑个家用DV，利用你强大的技术拍摄出一段高清电影级的影像。我们的意思是，如果你能合理地想好自己的技术特点，选择一些必需功能的器材就完全可以满足自己的拍摄。常常提醒自己这样一个问题，发掘一下器材的潜力，不要老是急着说应该再去买一台新机器。

而对于普通用户来说，拍摄的初衷是够用就好。花一大笔钱购入一台接近专业的器材，却总是拍摄些自己的旅行和家庭录影档案，或许除了画质更悦目以外，就没有特别多的作用了。

### （3）使用

摄像机最后来说还是要用的，基于这样的出发点不同的人群对于使用的态度也各不相同。首先是使用的频率，使用得多势必要一台更好的机器，使用得少或换句话说是非专业用户，买一台普通的机器也足够应付好几年的光景。当然大家不要被摄像机的划分所吓倒，这仅仅是人为的归类或是厂商的一种市场心理而已，使用家庭的高清级摄像机也可以制作一段用于手机屏幕观看的影像，而那种巨大尺寸的大机器却并不都

复杂的操作功能对于普通用户来说简直就是一场噩梦，但对于专业人士而言却是得心应手的好工具。图为电影级的高清摄像机系统及附件。

是各个专业的代名词。

其次就是使用的服务对象，有很多商业拍摄的客户指定需要某种类型的机型，作为你是否专业的形象。这样你从最初开始就不得不购入一台专业的好机器，很多用户不认识机型，但是他们会从大小来判断专业与否，使得很多好身材又专业的机器常被认为是不专业的体现。其实一台顶级的红一或是佳能摄像机又不是很大，却是数一数二的高端机。这个时候你必须屈服于市场和客户，他们是决定你影像制作的关键。如果你是以艺术影像为服务对象，那么器材只要够用就好了，大部分艺术影像看重的是内容、故事和感人度，对器材的挑剔有时候没那么厉害。

最后就是使用的习惯。很多摄像师喜欢某个品牌，并不是它很好或是优秀，而是处于自己的某些偏好。很多设置键在这种品牌是在机身右侧，而其他品牌则在机身左侧，看的是摄像师自己习惯而已。那么有时候为了你的那些偏好，多花点钱也不是什么大事，再说拍摄本身就是一个很个人的问题，拿着不顺、使用不爽，想想也是拍不出什么好画面的。

一般用户来说，品牌的认可度、使用的方便性才是首选之道。当陷于性能和专业性的漩涡时，向使用妥协也不失为一个好策略。

综上看来，购买器材有时候是个选择性问题，但很多时候其实是一个心理问题或是技术问题，问问自己有什么需求、能出多少的限额、到底去干点什么东西、是不是以此作为谋生的手段、自己对器材是否有特殊的偏好等等一系列的问题后，很快就能得出明确的答案。很多论坛上，那些成熟的高手也会时时对各类器材作一个点评，因此差不多研究个一周左右就可以给出答案。即使认为选择后悔了也没有关系，二手店是调剂器材的好地方，时时想想这步最后的绝招，挑选器材的时候也会豁然开朗起来。

---

**？ 思考与练习**

1. 认识各种不同类型的摄像设备与器材。
2. 认识摄像机的镜头，了解镜头中光圈与景深的关系。
3. 了解并掌握各种不同的摄像辅助设备。

# Chapter 3

# 第三章 摄像机的使用与操作

徒手持机方便、灵活，在外景和活动连续拍摄时最为常用。如图为大型肩扛式摄像机的持机示意图。

通过对摄像机的一些基本原理和构造的介绍后，我们开始对摄像机的一些具体使用细节和操作要领作出简单的了解。如果已经购买了一台现成的摄像机，也可以参考随机说明书的详解去知晓每个按钮和操作器件的详细使用办法，它们会更好地帮助你完成一些个人设置和使用窍门，增添拍摄的乐趣和方便。

那么基本操作包括怎样来持握摄像机、对机身上的一些关键按钮进行调节设置，同时正确地曝光和取景，以及怎样以符合人眼的方式构图和展现空间等等。关于摄像机的操作应当根据手中已有的机型反复练习达到熟练程度，重在掌握各类机型共通的拍摄技巧，如机位安排、取景、对焦等。这不仅要动手更要多动脑，要多练习体验并感悟以获得理性的方法。

最后就是一句话，从练习中学习，在学习中练习。不断主动请缨要揽一些活计，从家庭和朋友的影像开始，把每一个不起眼的拍摄当做一次即将公映的影片，一定会在短时间内得到不凡的收获。

## 3.1 持机方式

摄像机的稳定是拍摄各类画面的关键，各类摄像机都可以使用手持和固定两种方式来保证画面的清晰、完整。以下我们将对持握摄像机的这两种方式作一个详细的介绍。

### （1）徒手持机法

徒手持机是最多见的拍摄方式。徒手持机方式在拍摄中有较大的灵活性，在一定范围内可以突破环境的限制，便于对外界变化情况作出快速反应，能在复杂条件下拍摄。有时为了达到特殊画面效果之目的，也需要采用徒手持机方式。

小型或家用型摄像机体积小巧，重量较轻，可采用持、握等多种形式来拍摄。

徒手持机的要领在于拍摄者身体各相关部位动作相互协调，配合使用。首先是眼。一般使用右眼取景，左眼时闭时睁，不时观察全局、关注周围情况、把握动向，密切注意被摄主体的变化趋势。其次是手。

右手持握摄像机，皮带宽紧要适度。食指与中指控制变焦，大拇指操作摄录钮。左手调整对焦以及其他有关的功能钮。两臂肘部尽量贴近胸部以撑稳机身。再次是肩。两肩需自然下垂、平稳摆放，不要用力上耸，造成肌肉紧张。还有就是腰和腿。腰要与手臂动作配合，特别是进行平移拍摄时应当靠腰部转动，移摄时腰部起缓冲作用。双腿分开站立，与肩同宽，保证全身的重心稳定。最后是身体。上身保持平直不要弯腰曲背，也不可刻意挺胸凸肚，确保身体前后适当。同时保持呼吸要自然、放松、平缓，不要屏住气息，人为造成身体微颤。

在使用各类便携式摄像机时也可以采用提握的方式，用来拍摄一些低角度或拍摄位置难以操控的画面。

　　持机姿势则要根据拍摄内容的需要和现场拍摄条件持机，还要考虑各人的器材不同等情况灵活应用。立姿肩扛式是最常用的持机方式，几乎可以独成一法。视点高度与常人相近，摄像画面有亲切感、交流感，镜头比较稳定，调度又灵活，受到摄像师们偏爱。

　　新型便携式摄像机体积小，可适合于采用托式持机，托式所摄画面不及肩扛式稳定，尤其是单臂前伸托机并打开液晶显示屏边看边拍，特别容易晃动。应双手持机、眼睛紧贴寻像器观察，以利于增加稳定效果。现在有厂商开发出一种有助于稳定拍摄的支撑肩架，变托式为肩扛式。肩架后置电池保持整体平衡，既减轻疲劳又提供充足电源，便于长时间工作。

实际的持握需根据摄像机的大小和功能而定，有时候单手持握甚至比双手使用更加方便与稳定。

　　抱式结合立、蹲、跪姿使用，能降低拍摄机位。向上转动寻像器角度取景，按摄像机上部摄录钮控制拍摄；举式可抬高拍摄机位，适用于前方有人群遮挡的情况拍摄，向下转动寻像器或显示屏角度取景；拎式可降低拍摄机位，移跟拍摄运动目标，能起缓冲作用，减弱画面晃动。拎式操作须反复训练体验；蹲姿、跪姿、坐姿可降低机位，与立姿结合使用，熟练而连贯地操作，实现升降拍摄效果。

　　无论何姿何势身体都应努力做到放松自然，避免别扭，以保证长时间拍摄。根据现场条件寻找依靠物，因地制宜尽可能借助依托，想方设法力求实现画面效果稳定。

　　摄录钮是摄像机各种功能钮中最关键的操作钮，控制它以决定画面的拍摄。通常摄录钮都制成显眼的红色以示与众不同，也被称为开关。有的摄像机设置两个摄录钮，分别安排在不同位置，便于拍摄者使用不同持机姿势时操作。

　　似乎谁都知道按下摄录钮就开始摄像，看来好像很简单，其实不然。摄像机接通电源后，这时寻像器中虽然显现外界影像，但是并没有录制画面。按下摄录钮后一般约需两三秒钟之后做起动准备，然后摄像机才真正处于摄录（REC）状态，寻像器中所显现的外界影像才被实际记录到录像带上。

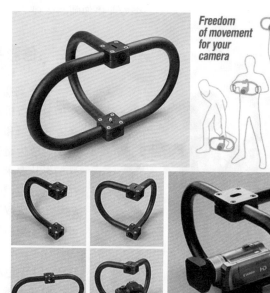

Freedom of movement for your camera

为了更加方便摄像机的手持拍摄，很多厂家设计并使用了一些辅助器械，用以在拍摄时更好地平衡和持稳摄像机。

固定机身除了传统使用三脚架以外，还可以结合摇臂、升降器等工具。

斯坦尼康稳定器是一种特殊的稳定减震装置，利用振幅的原理通过几组机械臂将震动减弱至最小。

如图为实际使用中的斯坦尼康稳定装置，方便、轻质利于长时间和多角度的拍摄。

新型数字机起动极快，几乎即刻摄录。

对准被摄目标，轻按摄录钮，开始记录画面。再按摄录钮，停录。不要误以为按下为开，放手为关，而实际上放手之后摄像机仍在继续摄录，造成人们常说的扫地现象，即摄像机保持工作，摄像师持机、镜头朝向地面所记录的费镜头。

在按下摄录钮后的起动时间内，摄像机在做摄录的起动准备工作，这时如果紧接着再按一次摄录钮则停录，有的摄像机并不能执行这个指令，而是继续完成前一个摄录指令，但是摄像者却误以为已经停录，摄与停搞反了，因此造成扫地的现象。

### （2）固定机身法

固定机身方式是指：将摄像机机身固定在某种辅助器材上进行拍摄的方式。最常见的固定机身方式是使用三脚架，而在专业拍摄中还可能用到轨道车、升降架、摇臂以及斯坦尼康稳定器等等。

另外，根据现场拍摄条件将摄像机放置于桌、椅或其他固定器物上作适当调整进行拍摄，也可以属于因地制宜、因陋就简的固定机身方式。凡现场条件和时间允许，尽可能采用固定机身方式拍摄，同时以使用三脚架作为优先考虑。

固定机身的好处是使摄像师腾出双手来自己调节与操作，由于动态影像有长时间的特性，过于晃动的画面和节奏会扰乱人的视觉和欣赏水平，这是值得摄像师严格注意的方面。很多人图省事，提了机器就出门干活，拿回来的拍摄素材几乎不可使用。这是我们拍摄中的大忌，也是对拍摄对象的极端不负责。除此之外，没有更多理由推脱自己，那才是一个专业摄像师的体现。

## 3.2 色彩平衡

初拿到摄像机或是再次使用摄像机时，提前应该注意的是摄像机对于颜色的设置。现代摄像机都是采用全彩色方式记录和呈现，所以设置好画面颜色、还原拍摄现场的颜色成为是否在第一时刻吸引观众的秘诀。除非某些特殊的影片要求，一般情况下不推荐使用黑白模式来拍摄素材，这会造成一个很严重的后果，当你需要彩色画面时就只能望洋兴叹了。但是，一段彩色画面则可以通过后期软件调整成黑白影像，这是值得各位注意的方面。

### （1）色温
● 色温的定义

色温是光线显示的基本物理特性之一，也是表示光源光色的一种尺度。科学家使用数据标称的方式为各种颜色在可见光下设定了数值，方便人们在不同领域、时间、地点来使用，达到减小误差和方便操作的功能。

| 3000K | 4300K | 6000K | 8000K | 10000K |

| 12000K | HP | TB | QB | ZB |

色温的概念从物理学上说，是指以绝对黑体——假设该物体能全部吸收外来辐射，并在所有波长上都能产生最大辐射的物体——在各种不同温度下可以表示一个实际光源的光谱成分。在绝对零度下，即摄氏－273度，将绝对黑体逐渐加热，随着温度的逐渐升高，绝对黑体的颜色便会在不同温度段发生相应的变化。其颜色变化依次为：黑、红、橙、白、蓝，请注意这里颜色的前后排列顺序是不能颠倒的。

色温是将光的颜色加一定的度量，以方便人们在实际中的使用。在不同色温条件下，灯光的颜色会随之变化。

我们按照这种特性，将绝对黑体随着温度的升高而表现出的光色特性，称为光源色温度。通俗地说，它是指各种物体在不同的光线条件下所呈现的不同颜色。这个光线条件并不是指照射物体的光源亮度，而是指光源颜色的温度。简单来说，可以理解成某个光源所发射的光的颜色，看起来与黑体在某一个温度下所发射的光颜色相同时，黑体的这个温度称为该光源的色温。如果黑体的温度越高，光谱中蓝色的成分则越多，而红色的成分则越少；反之亦然。因为这个现象由19世纪末英国科学家开尔文所发现，我们就用他的名字来为色温的单位命名，称为开尔文，简称用字母K来表示。

清晨的色温较低，颜色会呈现暖色调，此时景物的色彩细腻、光线柔和。

● 色温的运用

下面我们介绍一下各种常见的色温以及常见的色温场景，方便大家从一个感性的角度来理解。首先着重介绍的是太阳的色温变化。太阳光由于地理纬度的高度、所处季节的不同以及各种不同的时段等等，均会造成不同的照射效果，从而形成同种物体的不同颜色。可以发现人们在很早的时候就看到了自然界的这种奇妙特性，今天我们在摄像拍摄中不仅需要知晓这些光线性质，还要有效地利用它为影像服务。

那么，以我国中部地区纬度为例，一般春、秋两季太阳光在一天中不同时段的变化，大致可分为四个部分：黎明和傍晚、清晨和黄昏、上午和下午以及正午。

黎明与傍晚这两段时间的光线不适宜较好地表现景物的细部层次，但适合于拍摄剪影效果，表现出明显的时间特征。这时光线色温较低，

约为1800K左右。可以使拍摄的效果呈现漫散、略微模糊的光线特点，利用此时低色温的特性，亦可以让画面出现蓝色的效果，增加画面与城市灯光对比的效果等。

清晨和黄昏的时间光线已经具有一定方向和强度，但还是非常柔和，在被照射物体上也会形成丰富的影调变化，景物色彩细腻。此刻色温的变化是最快的，因此在拍摄前要盘算和预想好各种场景，抓紧时间完成拍摄素材，并随时调整白平衡。此时光线色温约在2300K~4500K之间。

晴朗天气的色温比较稳定，也是各类摄像机外景拍摄时画面表现最为优异的时段。

上午和下午，一般为上午的八至十点钟和午后两点到四点左右，这两段时间太阳处于合适的位置，景物得到一定入射角的照明，形成正常的空间关系，呈现出合理的立体形态和表面结构。这时是外景自然光拍摄的主要使用时间，同时这两段时间内光线色温也比较稳定，通常约为5400K~5600K，也是各类摄像机上最为常用的标准日光色温。在标准色温光线照射下，物体色彩鲜明、真实，摄像画面色彩还原也最准确，可以利用这些时间段的光线完成主要、主体的拍摄内容。

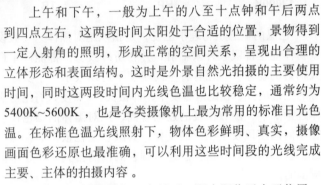

各类人造光源的色温也参考了上午和下午正常时段内的色温数据，以此保证颜色的还原准确与鲜艳。

正午，一般指中午12点前后，即太阳位于中天位置。正午光线强烈、生硬，影调变化小，投影最短，难以较好地表现出物体的空间关系。正午的光线照射下也容易形成强烈反差，而阴影部分的表现却明显不足。此时需使用柔光布等进行遮挡，形成人工条件下的纠正。一般正午阳光色温可达6300K。

此外，其他天气情况下的色温值大体如下。薄云遮日，色温大约在6800K~7000K上下；阴天色温偏高，可能达7500K~8400K；晴朗无云的蓝天，色温则可高达13000K~27000K；室内漫散射阳光色温也略偏高，大约在5500K~7000K左右。根据自己所在地区和光照特点，需多加尝试和反复调试，才能达到最好的自然光表现力。

如果觉得色温理解起来有一定难度，厂家也为用户设计了更加简单的白平衡设置。如图，厂商用"WHT BAL"来注明白平衡。

最后，灯光的色温变化也是多种多样的，一般来说各种人造光源的色温从低到高的是：标准蜡烛光1900K；家用钨丝灯（白炽灯）2600K~2900K；家用日光灯6000K~7000K；石英溴钨灯（标准新闻灯）3200K，也称标准灯光色温；镝灯模拟日光色温5000K~6000K，是各种专业拍摄中使用的影视灯光等等。

总而言之，各种不同的色温大体上从低到高是由暖色调向冷色调变化，我们可以利用所知的这些色温知识，加上一定的机内调节为我们在各种场景和环境中的拍摄服务。专业拍摄中，尤其在电影拍摄中摄影指导和摄影师们还会配备比较专业的色温表，用以解决一些复杂的场景。普通摄像师如没条件，需根据色温知识多加尝试，积累经验，从而亦可获得良好的颜色还原与表现力。

## （2）白平衡

● 白平衡的定义

白平衡，称为白色平衡，是英语White Balance的翻译，在各类摄像机上厂商使用缩写 WB用以区别。从字面意思上看，白平衡是指对白色的设置，也就是说白色物体在各种环境中均有相应的颜色误差，摄像机通过机内设置将这种误差纠正回来。

将白色作为基准，可以方便在各种色温下将其还原。图为电视行业的专用标准色，用以在各种条件下校正色彩。

因此，白平衡的调整是指：为了保证色彩准确还原，在拍摄纯白色物体时应当使摄像机输出的红（R）、绿（G）、蓝（B）三路电信号按其固有规律标准搭配。为此，对摄像机有着一系列的调整。当白色调整后，与白色处在相同环境中的其他颜色都能还原准确。这个原理被称为白平衡调节。

其实将白色作为基准色，主要是依赖于白色的易辨识和共通性。当然科学家也可以设计出蓝色平衡或是红色平衡等等，但是普通人如果不借助仪器或是长期经验其实很难做到对其简单复原。因此，挑选白色作为平衡既是方便，也是为了不同人群的共同使用。

虽然我们每时每刻都在使用眼睛，但是对自己眼睛的认识却十分有限。我们人类的眼睛对各类光的颜色有着很强的适应性。无论是阳光还是灯光，无论是日光灯还是白炽灯，通过人眼视网膜的折射后，进入大脑视觉神经的处理，各种物体都可以呈现出其本来的颜色，也就是大脑本能地告诉你这些千变万化的光线都可以还原成其本来的面貌。可是摄像机没有那么高级，而且摄像机对光源色温的记录是绝对死板的，一旦我们拨到或是调节到某一档，摄像机就会始终为我们呈现这种场景的色温。当然摄像机上还设有自动白平衡，却不能总为我们满意地解决这些困难。于是，我们既需要利用这种固定的好处，有时候也要不停地调节这种一成不变的状态。

各位经常在电视中看到，有时候的图像颜色偏蓝，呈现蓝幽幽的效果，带来阴森可怖的效果或者清凉的快感；有时候图像颜色偏红，衣服、景物艳丽，画面浓重，带来厚实的效果等等。这都是摄像机白色平衡所引起的结果。

在实际拍摄中我们可以利用色温与白平衡原理，将白天的拍摄环境转换成夜景。

通常当光源色温高于摄像机白色平衡，所摄景物的色彩偏蓝；当光源色温低于摄像机白色平衡，所摄景物的色彩偏红。因此，假如我们在室内灯光条件下拍摄，色彩还原准确的话，换到室外太阳光下拍摄图像颜色就会偏蓝。反之，由室外换到室内颜色则偏红。同为室内，在普通电灯光下如果色彩还原准确，换到日光灯下拍摄颜色也许会偏绿。即使在同一环境中，由于景别不同，被摄主体在画框中亮度不同，也会造成色彩还原不准确，尤其是在逆光条件下拍摄。

● 白平衡的调整

接下来我们简述一下，白平衡的具体调节。应该说不同档次的摄像机，白平衡功能各不相同。档次低的摄像机往往只有自动白平衡，不能任由随意调整。档次稍高的摄像机除自动功能外，还设置室内、室外两档供选择，它们分别大致相当于灯光和日光的色温；或者白平衡不但有

良好的色彩还原与把握始终是影片成功的基础。

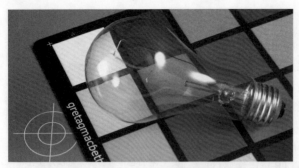

通过对白色物体或纸张的定义设置，可以准确还原场景色温。但必须一景一设，防止出现颜色串场。

对于偏色严重，而摄像机又无能为力时可以采用外接色温镜片来加以调节。

自动，还有手动调整装置；而专业级或广播级摄像机设置较复杂，通常均设有 5600 K 和 3200 K 两档色温片以及5600 K + 1 / 8 ND滤色片。如今某些新型广播级摄像机上设置更齐备，它有6300 K 、4300K和3200K等多档色温片，以适应各种不同色温条件下拍摄。有的新机型还有白平衡自动跟踪、锁定和记忆储存功能等等。

各种机型上的白平衡的调整分自动白平衡调整和手动白平衡调整两种方式。自动白平衡操作十分简单，只要将它设在自动档摄像机便自动作出调整。家用摄像机都有自动白平衡装置。在正常的光照条件下拍摄可以采用自动方式，WB设定在AUTO位置。但是自动白平衡对色彩的反应比较迟钝，所作的调整有时模棱两可，难以达到精确。

手动白平衡调整的操作步骤是：将色温片打在正确档位上，摄像机寻像器对准用于校准的白卡纸并使其充满画面，同时白卡纸应和拍摄主体的受光条件相似，且受光方向相似。按动白平衡调整钮，待寻像器内出现提示即白平衡调整完毕。

假如没有标准白卡纸，普通白纸、白布或白墙乃至任何白色物体均可代用。当然最好是选用柯达生产的标准灰板中所携带的白色卡纸，这也是最准确的颜色。一般来说，其他类型的白色物体以不反光和吸光为标准，这样测试出来的白平衡比较准确。另外，某些摄像机的镜头盖设计成白色，也可供调整白平衡用。当然，市面上还有专门的白平衡镜头盖，这些专业设备的精度和颜色还原能力则更强。

摄像机对白平衡有一定的时间记忆能力，假如相邻的两个镜头的拍摄现场环境的光照条件相同，那么可以不必重新调整。如果两次拍摄环境的光照条件不同，或者被摄体本身颜色有明显差异的，则必须采用手动白平衡方式分别调整准确后拍摄。

● 白平衡的运用

有的摄像机白平衡装置只有 In door（室内）和 Out door（室外）两档。前者大约平衡于3200K色温，后者约平衡于5600K色温。白天在室内拍摄，如果仅有窗外日光的漫反射，那么白平衡不应设定在 In door（室内）档。这时假如还有现场灯光或者另外再加低色温灯光照明，那么灯光与现场自然光的色温不同，请务必留心。

由于人工光源与室内自然光两种不同色温的光线交叉照明，会使画面中人物和景物在不同区域产生明显的色彩差异，因此在人工补光拍摄时还需注意统一光线色温。

色温还可通过雷登片来改变，这是一种调节色温专用的灯光滤色片透明薄膜。当我们使用不同标号的雷登片遮挡在灯光前，可以人为制造不同色温的光源。

统一色温的方法有多种。比如，统一成高色温。即在灯光前遮上高色温的蓝色雷登片将灯光的低色温升高，使它与日光色温一致。

统一成低色温。在窗户上加贴低色温的橙色雷登片将日光的高色温降低，使它与灯光的色温一致。

如果使其中某一种光线占据绝对优势，或者关闭室内灯光，或者拉上窗帘，这样一来色温基本为一种，即使画面色彩有差异，也不至于对画面的整体色调有太大的影响。以上诸法，以第一和第三种最为常用。

同时在某些专业拍摄现场，也可以用高色温的照明灯光设备，其色温与日光一致。如果双机或多机拍摄，则必须在拍摄前以同一标准校准白平衡，尽可能减小色差。

合理增加或降低色温可以有效地为影片的主体服务。图为电影《红色》中的场景，画面运用了适度的白平衡偏色来渲染场景。

最后就是利用白平衡原理为摄像的表现服务。我们可以人为营造特殊效果，按作者的意愿创作影像作品。当摄像师自如掌握白平衡，合理而巧妙地加以运用，可以为摄像画面增添意想不到的效果。比如，用于校白的白纸本身颜色略偏品红，摄像机对它调整白平衡，所摄的色彩则偏绿；校白的白纸偏蓝，则拍摄的色彩偏黄；对着偏青色的白纸校白，则所摄色彩偏红。这样就可以得到不同影调的影像画面。

利用白平衡调整原理，最为著名的例子可以在白天营造模拟夜景或其他效果的作品，此法也被称做夜景日拍法。例如在早期香港武打电影中，我们发现很多夜拍的场景人物周围有明显的影子，如果不仔细观察画面，常常会以为摄像机在夜间拍摄的画面。

同样，利用白平衡调整原理还可以制造出画面的不同色彩效果，从而创建出整个影像的颜色基调，用以体现作者的艺术创作风格。如果你想制造某种色彩效果，也不妨试试看。

## 3.3　合理曝光

由于拍摄环境光照条件不同，以及物体在光线照射下反映出来的亮度各异，而亮度又影响了色彩等诸多因素，合理地控制曝光是拍摄影像时的核心。也可以说，成功的曝光会为影像的成功增光添彩，而失误和不合理的曝光则会给影像增添很多负面因素。应该说，没有一个什么准确、一定的曝光值，针对各种环境，曝光是有选择的、有意识的，也是个性化的和自主的。

### （1）自动曝光

现代任何一台数字摄像机都有自动曝光功能，自动功能对所摄取的画面光照情况作平均测算，确定曝光值，选择一个合适的光圈快门搭配。

在光照条件比较均匀的情况下，机内自动曝光拍摄的图像色彩鲜艳、景物明亮，自动曝光确实显示了它的优势，省却了摄像师许多麻

现代摄像机的自动曝光可以提供十分强大的曝光功能，适应与满足大多数场景中的拍摄。

烦，给拍摄工作带来了方便。但是在光照条件不均匀时，例如在室内自然光拍摄，人物背后是窗户，背景十分明亮，这时拍出来的人物脸部阴暗甚至漆黑；或者在剧场里拍摄明亮的舞台，人在亮处而周围环境较暗，拍出来的人物脸部简直成了花白一团，自动曝光的优势就荡然无存。所以，自动曝光功能是很机械的，它只会死板地平均计算曝光值，选择的光圈有时候也不符合现场的实际亮度，因而造成这样或那样啼笑皆非的现象。

此外，自动曝光还受到现场拍摄环境的影响，例如在镜头前有深色或浅色物体介入，自动曝光功能会重新进行测算并改变曝光值，从而造成当前图像的明暗变化不符，与拍摄意图相悖的情况。应该说，自动曝光是为初学者上手提供兴趣和辅助，也是为摄像师提供应急和帮助。在有足够条件的情况下，各位手持摄像机的拍摄者需认真结合曝光原理，手动调节曝光数据。接下来，详细讲述如何手动设置曝光。

### （2）手动曝光

略微专业的摄像机均设有手动曝光装置，方便摄像师人为控制曝光，获得较为准确的画面或有意图的画面。一般为达到合理曝光的效果，应掌握以下这些要领。

第一是调整景别、改变拍摄角度之后的曝光。一般说来在室内拍摄应尽可能避开门窗等明亮背景，以免主体人物脸部曝光不足而导致图像变黑。掌握此原理，可应用于对需要隐去面部形象的人物拍摄（图1）。

不能避开门窗的，可采用小景别拍摄使主体人物占据画面较大面积，这样自动曝光功能所选取的曝光值，尚能基本接近主体人物的实际光照情况。

变换机位改变拍摄角度，让门窗占画面较小面积，从而使自动曝光值尽可能接近于准确。拍摄周围环境较暗而人物处于亮部的景物时，应选用适当的景别，把暗部排斥于画框之外，使所摄画面的光照情况大致均匀，得到基本准确的曝光值。白天在室外拍摄人物，应避免背景天空太多；夜间拍摄还应避开直射镜头的灯光（图2）。

第二是运用逆光补偿或手动选择光圈之后的曝光。摄像机一般都设置有逆光补偿功能装置，按动这个钮，可以增加曝光量。较高级的摄像机设置有光圈选择装置，不但可以增加曝光量，还可以减少曝光量（图3）。

各种摄像机的光圈选择装置不尽相同，有的是逐级加减，有的是无级加减。背景亮、人物暗，可采用增加曝光量的方法，或给人物补光提高人物亮度。背景暗、人物亮，可采用减少曝光量的方法，或给背景补光提高背景亮度。

1，在室内等较为复杂的光线环境中拍摄，手动曝光更加准确、忠实，防止摄像机光线变化过大而不停地自动调节。

图2，图中的场景，在对脸部特殊要求的曝光条件下，采用手动曝光更加合理。

，在一些更为复杂的光线环境下，手动曝光的优势就得到了充分的显现。

图4，曝光是一个相对选择的过程，任何场景中的曝光都是相对，也是相应的，没有绝对的曝光数值。

图5-1，现代摄像机可以提供良好的对焦功能，即使在如此低照度的环境下，也能拍摄出十分锐利、清晰的画面。

图5-2，在夜景中，利用自动对焦对烟花进行一定的特写拍摄，也能获得较好的拍摄效果。

图6，如果在场景中遇见如图的特殊场景，再高级的自动对焦也无法正常工作，此时就需要通过手动对焦的辅助。

图7，在实际使用中，手动对焦可以弥补自动对焦的不足与缺陷。图为摄像师在拍摄前，进行对焦测试。

第三是使用滤色片的曝光。专业级或广播级摄像机常设有5600K+1/8ND（中灰）滤色片，用于室外太阳光过强情况下拍摄。摄像机自动控制保证准确曝光，必然就增大3级光圈。有的摄像机设有两档滤色片ND1和ND2可供选用，分别设定为照度的1/4和1/32，即相应地要变动2级光圈和5级光圈。还有某些新型摄像机设置1/4、1/16和1/64等多档灰片，更有利于满足各种光线条件和不同创作要求的拍摄。

第四是利用斑马纹装置的曝光。有些摄像机还设有斑马纹(Zebra)指示装置，用于判断主体曝光是否准确。被摄物体亮度在超过了一定电平值的图像部分得以显示，由此可以检查被摄物体亮度。摄像机斑纹指示电平设定为70%，拍摄时测光对象通常选人物脸部，采用手动方式调整曝光以便得到所需的图像亮度。

第五是运用增益功能的曝光。有的摄像机设有增益装置，通常增益值在0dB~18dB之间，在光照极暗的环境下拍摄，可用来增加画面图像亮度。增益值每提高6dB大约相当于增大1级光圈。我们可以理解为机器通过内部电流的加大，对本来暗的画面进行提亮的过程。

增益功能务必要慎用，它往往以牺牲图像质量的其他指标为代价。拍摄中如遇光照较暗，尽可能设法改善拍摄现场的照明条件首选。比如开窗、增加灯光照明、用反光板等（图4）。

合理地运用手动曝光控制法，可以人为地营造特殊效果进行创作，丰富作品的表现，增添摄像的乐趣。这个过程需要摄像师们活学活用，切忌不能生搬硬套，最好能够结合自己拍摄的任务提前尝试、多次尝试。由于现在数字摄像机都配有较好的彩色寻像器或监视器等，我们可以在观察这些具体画面后作出合理的判断。此外，也需要摄像师多看各种经典画面，预想镜头的效果，为合理的曝光铺垫。

## 3.4 正确对焦

对焦是指景物反射光通过透镜调整成像直至清晰的过程。我们通过操控、调节镜头上的调焦环，使被摄物体的影像落在焦平面上形成清晰的画面，即在取景器或监视器中看到物体清晰部分的过程就是对焦的过程。在对焦中，光线通过透镜汇聚在胶片或是电子感光元件上形成的清晰的点，叫做焦点，此时这也是画面中最为清楚的部分。

一般来说，对焦可以采取两种方式，第一种是摄像机本身具有的自动对焦功能，第二种是摄像机上的手动对焦功能。它们分别方便用户在不同的场景条件下使用，用户也应该结合实际情况灵活选择。对于大部分用户来说，自动对焦有着无可比拟的优越性，适合大部分情况下使用；而手动对焦可以满足极端环境下的拍摄需要。两者互有轩轾，大家要经常结合，才能获得最好的拍摄效果。尤其是高清摄录机的显示清晰、画面鲜艳，对对焦的要求特别严格。如有不慎，即会造成脱焦、虚焦的情况，各位在拍摄时应格外留意。

### （1）两种对焦方式

电影拍摄即使到今天仍然沿用手动对焦方式，以确保影像拍摄的准确度。

各种摄像机上均设有自动对焦（AF）功能，而高端摄像机上还会设有比较丰富的手动对焦（MF）功能，满足专业拍摄情况下的需要。下面我们将分别简述一下摄像机的自动对焦和手动对焦。

手动对焦时，可以通过拨动镜头上的拨杆来达到前后对焦的目的，适当训练后，操纵不仅轻松自如，而且合焦率也会大大提高。

● 自动对焦

自动对焦，是指摄像机在寻像器取景范围内自动选择对焦清晰的点。摄像机的自动对焦分为两大类，一类是主动式自动对焦，另一类是被动式自动对焦。

主动式自动对焦是指摄像机发出一系列可见光或是红外线光，通过物体反射后回到摄像机，摄像机的对焦系统自动计算出之间的距离，驱动电动马达完成合焦。

被动式自动对焦方式是指，在摄像机内设置两组对焦镜。一组为固定对焦镜用来作为物体成像的标准，另一组为浮动对焦镜用来作为物体运动时成像的标准。如果两组成像相互吻合即完成合焦。如果两组成像不能相互吻合即摄像机驱动镜头马达直至吻合为止，完成合焦。

从上述情况来看，被动式自动对焦的准确性和方便性要优于主动式自动对焦，所以这也是大部分高端和专业摄像机的标准配置。各类摄像机品牌由于自身技术不同，会产生一些差异，但总体的技术发展是相类似的，这也是摄像机到今天的一个共同趋势。需要指出，无论何种摄像机对于反差明显、颜色鲜艳、受光完整的物体，都有良好的自动对焦驱动。反之，则会出现合焦不准，甚至是无法对焦的现象 (图5)。

目前市场上的家用或非专业摄像机只配有简单的自动对焦，而档次稍高的摄像机不但有自动对焦，还有手动辅助。可以说越是高端的摄像机，越是会强调手动功能，而弱化自动对焦方式。某些专业摄录机为便于手动对焦的操作，让摄像师看清物体准确对焦的位置以优化拍摄效果，还特别设置了轮廓勾画功能，即在寻像器中可看出在物体焦点聚实部位呈现蓝色或红、绿色边沿，便于手动准确对焦。

当然，自动对焦功能会给你带来方便，有时也会造成很多麻烦。比如画面中所拍摄的主体人物焦点本来已被自动聚实，假如这时镜头里出现新的被摄元素介入，它又会重新对加入的物体或人进行二次自动对焦，造成需要拍摄的主体或人物模糊。有的摄像机对焦速度较慢。对焦初始时，成像松散，没有固定的对焦点或物体。如果此时主体占据画面面积较小或在画面一侧，则往往会造成对焦失败；而如果此时使用变焦推拉拍摄，由于焦距渐长、景深趋小，自动对焦速度迟缓、对焦犹豫，则被对焦的主体常常易造成虚化和模糊。

此外，画框内场景发生变化，焦点也随之变动。当我们在使用摇摄镜头或者画面里有人物出入时，自动对焦功能均受其影响而会重新作出调整，造成当前的焦点脱离。这样一来常常就会造成焦点位置和主体清晰程度在画面上时断时续、物体闪烁变化、镜头不停地前后移动等状况（图6）。

由于大部分摄像机的自动对焦功能在选择合适焦点时十分粗略，且对焦目标时常为运动物体，况且任何摄像机均不可能做到完全精确，所以难以精准聚实你所期望的具体部位。这是自动对焦的致命弱点，凡是对有较高创作意图的拍摄作品，都必须采用手动对焦方式加以调整。我们发现其实电影发展至今仍然没有使用全自动对焦头，很多电影拍摄时会配有专门的跟焦员，就是为了保证在拍摄时的对焦清晰、完整。

所以，当我们了解了摄像机的自动对焦后，就不应一味地依赖机器的自动功能；而应当明白从这些功能、原理出发与拍摄期间进行必要的手动调整，才能真正提高拍摄技艺，将自己的智慧、理解、画面感受力融入操作中。

● 手动对焦

手动对焦是指由摄像者本人转动和调整对焦环的办法进行焦点核实。这是各类专业摄像师必须掌握的基本操作技能之一，也是普通摄像师在一些无法对焦环境下的补救办法。其实手动对焦方法很简单，拍摄者将左手转动镜头前的对焦橡胶环，或是拨动对焦拨杆，滑动到画面预期的清晰即可。

这里需要指出摄像机的对焦设置，各种摄像机的对焦均是由近及远的方式，各种不同品牌间有相互差异，有些为逆时针，有些为顺时针。但无论哪种品牌都是从近处开始，到远处结束。这就告诉拍摄者在熟练操作的前提下，无须每次从近处起点至远处结束，而是可以灵活预估对焦距离，迅速完成合焦。

应该说，手动对焦的最大优点是可随拍摄者的意愿确定焦点。如果假以时日熟练操作，可以十分方便地为拍摄画面服务。时间久了还会发现，手动对焦在各种复杂情况下要远优于自动对焦方式。只是手动对焦需要费一些精力，初学摄像的人操作不够熟练，在考虑取景构图时又要忙于对焦，可能手忙脚乱而难以兼顾。

（2）**具体操作**

根据拍摄情况，一般景物对焦的操作步骤如下。先将镜头焦距推到长焦位置，对被摄主体对焦。接下来将镜头焦距拉回到拍摄所需要的合适景别位置，然后开始拍摄目标。这种方式比较适合有变焦的镜头进行，如果是定焦镜

手动对焦可以体现拍摄者的主观意愿，对主体实施有效的对焦与合焦。图中拍摄的绵羊是拍摄者需要在羊群中体现的主要目标。

在人物对话的拍摄中，主体人物的拍摄必须使用手动对焦才能正确拍摄。

另外在拍摄细小物体时，手动对焦也是合焦准确的一个前提条件，在此情况下大多数自动对焦都不起作用。

头或是地方狭隘时，可以通过确定画面大小，然后使用手动或自动与手动辅助进行；对于拍摄推镜头时，应先以落幅位置对被摄物体对焦，然后拉开到所确定的起幅位置，开始拍摄。

拍摄运动物体，尤其是纵向运动物体，应随物体位置的变化采用焦点跟踪技法，即一边拍摄一边调整。这种操作技法有一定难度，必须经过练习方能掌握。由于拍摄这种镜头对拍摄者的要求较高，因此可以采用自动与手动相互结合的方式完成，即在自动跟焦中采用手动辅助的方式。如果有条件预演场景，摄像师可提前多试几次，也可以较好地保证效果。

对可以预见的运动目标，可采用预设焦点的方法拍摄。比如拍摄运动员跳水镜头时，就用中长焦镜头将焦点设定在入水位置，再还原到运动员起跳时的场景中，就可以比较准确地完成对焦。这些方法和手段都是比较常见的，也是各位拍摄者经常使用的技巧，用户可以结合自己的拍摄习惯预想几种方式，不断加强对焦的准确率（图7）。

另外，在各类影视作品中还经常采用手动对焦的方式拍摄景物，来实现焦点虚实，从而过渡或转换画面。采用手动对焦拍摄"由虚转实"的具体操作步骤如下。首先对景物取景，获得准确的构图画面；接下来虚化焦点，使原先景物影像变得模糊，画面上出现柔和、淡雅、虚幻的斑斓色块，景物中明亮斑点形成圆形或正六边形的彩色光斑；同时按摄录钮开始拍摄，记录画面。与此同时，通过手动对焦环钮，让景物由虚变实；最后注意，在对焦过程中要平缓、均匀，当画面景物逐渐清晰显现时，要让观众产生豁然开朗的视觉感受。

同理，拍摄焦点"由实到虚"的转化镜头，可按照上述操作步骤逆向进行，即可实现预期的效果。

注意图中清晰主体的变化，通过手动对焦的方式可以十分方便地实现焦点的转换与合焦。

### （3）实际运用

运用手动对焦，景物焦点由虚转实的形式作为片头，富有强烈的抒情色彩。相当于故事的楔子一般，将观众引入到预设场景中。各类影视剧或影像作品中会经常使用这种办法。尤其在各类电影中，作为一种固定的开场白，已经成为了某种剧情套路。

一般来说摄像画面主体焦点应当聚实，但是有时也会故意把主体虚化，这些都是比较巧妙的表现手法。运用手动对焦进行景物虚实转化是无技巧编辑的一种方法。画面"由实转虚"接"由虚转实"，表现场景转换，新颖别致又妙趣横生，但又是人尽皆知的方法。所以好的作品不一定需要复杂的技术堆砌，而是如何巧妙地使用得当。

运用手动对焦进行虚实转化的拍摄方法，它的要领在于转化前后两个物体应有相似点。各类镜头的转化要有前后组接，不能强硬生套，拍摄前可自行转换几次，实验其是否具备转换的条件和光线。

此外，运用手动对焦调节景物虚实位置，变换焦点以重点突出主体也是常用的一种基本手法。变换焦点拍摄方法要点的秘诀在于，两者必须有足够的纵深距离，并用长焦距镜头大光圈拍摄，以确保景物能够被虚化。如今某些新型摄录机上设计了焦点转换预设功能，即将原本需要通过手动操作的转换焦点工作交由摄录机自动完成，以确保获得完全符合你预想的画面效果。转换起始状态设定为A，结束状态设定为B，启动定时及转换持续时间长度等，可预设后储存在摄像机中。继而选择转换曲线，即直接线性转换、软转换或软停止等各种预置场景。就可以把繁复的手动调节操作交由摄像机来自动执行，还能做到所摄录的画面效果平滑流畅达到精确完美的效果。这些都是新技术带来的便捷与高效，拍摄者亦可结合各类摄像机的功能，自行研究出其他复杂的画面运动等。

## 3.5 角度与方向

摄像机的硬件设备调试好之后，就可以拍摄画面了。在开始正式拍摄前，我们需要解决摄像机的站位，也就是拍摄者操作摄像机的工作位置，确定了摄像机的机位就确定了视点。摄像机的视点包括方向、角度、距离等诸多因素，我们将它们归纳在两个主要的方面即摄像机的角度和方向上，它们决定了摄像机的工作位置与被摄物体的距离、俯仰等诸多细节。

同时摄像机的角度与方位变化就意味着其他诸多关系的改变，从而会引起被摄物体透视关系的调整，形成不同的构图等等。选择机位实际上是对所要拍摄的对象观察审视、安排布局，应根据内容和主题以及现场环境条件来合理确定。

正面拍摄有利于表现人物的形象与表情，但会缺少一定的空间感，有时显得扁平而缺乏生气。

### （1）拍摄方向

画面的拍摄方向是指摄像机镜头与被摄主体在水平面上的相对位置。如果以被摄主体为中心，水平面上选择机位，可产生正面、侧面、背面和斜侧面等四个水平方向上的拍摄方式。

● 正面拍摄

侧面拍摄可以展现主体的形态，在表现人物时还可以体现其优美的轮廓。

背面拍摄突出了主体的环境，给人以全新的视角，有利于表现主体的内心活动。

斜侧面拍摄可以形成很强的立体感，同时也比较利于构图和画面安排，在各类视频中大量地使用。

正面拍摄，不言而喻就是摄像机在主体的正前方的拍摄。正面拍摄有利于表现人物脸部形象和表情动作，还有利于与观众交流，给人以亲切感。正面拍摄也有利于表现物体正面特征和横向线条，正面平视拍摄人物能显示庄重的气氛。但正面拍摄空间透视感较差，缺少立体感，画面可能会显得呆板。比如，我们经常看到的政治新闻，国家领导人之间的相互会见等，会采用这种比较典型的方式，落落大方又遵循传统，表现出持重、严肃、权威感。

● 侧面拍摄

侧面拍摄是指摄像机镜头轴线与主体朝向基本垂直方向的拍摄。侧面拍摄具有表现被摄物体运动的优势，包括运动方向、运动状态和运行路径等，还能反映出主体的立体形态。侧面拍摄有利于表现人物的侧面姿态和优美的轮廓，同时侧面拍摄也适合表现人物之间的交流、冲突或对抗等。但侧面拍摄仅反映主体的侧面形象，缺乏交流，需同正面拍摄结合运用。比如长跑比赛中的侧面拍摄，用来表现运动员的前后对比关系，以及他们之间你追我赶的竞争态势。

● 背面拍摄

背面拍摄是指从被摄对象背后进行的拍摄。背面拍摄反映出场景中的第四个面，突出了主体后方的陪体与环境，给人以一个崭新的视觉形象。背面拍摄将主体与背景融为一体，画面视角与主体一致，从而产生主观观看的效果。背面拍摄，人物的面部表情退居次位，但动作姿态却得到自然展现，这样就可以比较隐含地反映出人物的心理活动，为人物塑造添加丰富性。由于看不见人物的表情，同时也具有不确定性，因此背面拍摄往往给观众以思考、想象的余地。比如在很多谍战剧中，我们常发现主人公在深陷困局时，有一段背影式的拍摄，用来表现出其复杂的心理斗争和矛盾等。

● 斜侧面拍摄

斜侧面拍摄是指摄像机与主体成一定角度，包括前侧面与后侧面。斜侧面拍摄，画面具有较强的立体感和纵深感，适合于表现人物或物体的立体外形。由于斜侧面方向拍摄，会造成主体的横线条倾斜，产生明显的透视效果。因此，拍摄出的画面生动而又活泼。斜侧面拍摄还有利于安排主体、陪体，区分主次关系，突出主体。

（2）拍摄高度

画面的拍摄高度确定了摄像机镜头轴线与被摄体水平线在垂直方向形成的一定角度，这个角度受拍摄距离的影响。同样的高度，在不同距离内所形成的仰、俯角度也会有所不同。换句话说，拍摄的不同高度确定了拍摄机位的高、中、低。

平视拍摄是指与正常人视线相水平的角度，是各类拍摄中较为常见的形式之一。

不同的拍摄高度可产生平视、仰视、俯视等不同角度的构图变化，其画面视觉效果也能引起不同的情感表达，具有不同的视觉语言功能。

仰视拍摄增加主体的高度，同时具有强烈的垂直感。

● 平视拍摄

平视拍摄是指摄像机与被摄对象处于同一水平线。这是最符合人们正常的观察视角，所摄主体不易变形，画面平稳。平视拍摄的画面得体大方，拍摄的人物显得真切亲近。无论是人物还是物体，通过平视拍摄的画面都具有与画面外的观众一种强烈的交流感，显得身临其境。

同时，平视拍摄的画面显得客观公正，也是纪实类节目中常用的拍摄方法。如果使用长焦距镜头平摄，则可以压缩纵向空间，使画面形象更加饱满紧凑。但是，假如整部作品千篇一律地全部采用平视的角度加以拍摄，那么拍出来的画面则会略显平淡。而且在使用长焦镜头后会产生前后的重叠，使人感到强烈的堵塞感，画面效果也会让人觉得乏味无趣。

● 仰视拍摄

仰视拍摄是指摄像机在低处朝向高处的拍摄方法。仰摄画面中地平线较低甚至置于画外，景物却占主要地位，常会使用天空或某单一物体作背景，具有净化背景突出主体的作用。

如果使用仰视拍摄主体人物的跳跃动作，则能形成特别夸张的腾空感，产生强烈的视觉冲击；如果使用广角镜头仰视拍摄，则会夸大前景压低背景，形成明显的透视关系；如果用仰视方法拍摄运动的人物，则会夸大纵向运动的幅度，从而产生加快向前的速度感。

由于仰视拍摄的主体向上延伸，显得特别高大挺拔，从而可以强调其高度和气势。因此，使用仰视拍摄可以表现崇敬、自豪等感情色彩。但必须注意切莫出现明显的人为痕迹，若过于做作以至成为某种模式则会招致反感，让人顿觉索然无味。虽然仰视拍摄能使人物轩昂，但必须注意可能会使人物严重变形或使物体倾斜失重造成不稳定的感觉。

● 俯视拍摄

俯视拍摄是指摄像机位置高于被摄主体，从高处向低处拍摄的方法。俯视拍摄机位较高，地平线安排在画面上方或排斥于画框之外，有利于展示场景内的景物层次或环境规模，常被用来反映整体气氛和宏大场面。

俯摄画面使原本在平摄时重叠的人或物体在地平面上铺展开来，可以清楚地看出他们之间的空间构成与位置关系；也可以表现主体的运动轨迹，有时还能反映出某种冲突或力量对比。但由于看不出主体的全部表情，因此并不利于表现相互间情感表露与交流。

俯视拍摄可以展现全体的概貌，给人以平缓、舒和的态度。

鸟瞰是俯视拍摄中的一种特例，原意是指像鸟类一样的俯看角度，后泛指一种拍摄的角度。

在关系轴线中，两人的对话是最易理解，也是最容易造成拍摄失误的关系。如图，两个对话者之间形成了一条隐形的轴线。

在运动轴线中，物体运动的方向是恒定或约定的。如图，车辆从左向右行驶，如果此时站在车辆行驶方向的右侧拍摄，即会产生越轴现象。

俯视拍摄时，视野开阔。如果安排得当，画面构图则能布局优美、构成有序；但如果不仔细观察，则会出现景物繁杂琐碎，布局稀疏松散。

在俯视拍摄中，画面里的人物一般显得比较渺小、低矮，所以很有可能起到丑化人物形象的作用，拍摄者在实际运用时应当小心使用。一般而言，俯视拍摄还往往带有贬低、轻蔑等情感，画面也有可能体现出阴沉、忧郁乃至悲怆的感情色彩。

● 鸟瞰

鸟瞰是俯视拍摄中的一个极端状态，摄像机在被摄主体的上方，占据几乎垂直的位置进行拍摄。鸟瞰画面特别强调被摄对象之间的相互位置关系，并呈现主体的运动轨迹。鸟瞰画面具有强烈的视觉冲击，可以突出表现所摄物体的形式、图案和几何构成。

另外，鸟瞰也被称为上帝之眼，它用一种俯视全局和脱离关系的态度，冷眼旁侧地观察地面上的物体和人物。也可以说，这是唯一一种必须借助器材才能拍摄的画面，它使用摇臂或拍摄者爬上高处等方法才能完成镜头。具有一种全面介绍的功能。比如国庆阅兵，通过机载摄像机镜头我们能够看到广场上人山人海的场面，用以表达万人空巷的喜悦之情等。

我们必须指出，摄像师要根据拍摄内容和主体特征等各种具体情况，选择合适的拍摄高度和方向。尽可能采用多种角度来表现同一主题，从而使画面内容丰富，镜头形式活泼多样；同时，摄像师还应按作品要求和个人创作风格来确定恰当的拍摄机位，也要兼顾所摄影片的总体视觉效果；当然，摄像师更要注意画面的客观性和表现手法的含蓄性等，以避免落入镜头只表现褒贬模式的俗套。

在实际运用时，我们往往把拍摄方向和拍摄高度综合起来使用，同时加以一定的运动，这种把拍摄方向和高度结合起来的办法称为拍摄的角度。换言之，拍摄角度包含了以上两个分解动作。如果我们在拍摄时确定了方向、高度，再确定一定的距离，其实就是确定了拍摄的具体位置和运动轨迹，也可以说此时的摄像机像人眼一样真正具有了视点。

### (3) 180°轴线

在摄像机拍摄的机位安排中存在180°轴线现象。虽然这是一条隐含的、始终不见的线条，但是它在各类影像拍摄中都时时出现。因此必须予以重视，且在拍摄中注意避免和运用。另外，轴线现象也是摄像基础中的常识，是每位摄像师在实际使用中都必须掌握的问题。

轴线，在动态影像拍摄中是指由于被摄人物或物体的朝向、运动和被摄体之间的交流关系所形成的一条虚拟直线。它在拍摄中不易察觉，但是在后期剪辑时却一目了然。也可以说，轴线现象是沟通拍摄者在现场和后期制作中的一个切入口。它时刻提醒拍摄者，现场拍摄与拾取素材是为后期制作而服务的。

● 轴线定义

轴线现象分为关系轴线和运动轴线。关系轴线是指人物之间的相对位置、人物位置所形成的相互交流中，有着一条表明相互关系的虚拟直线。比如，任意的影像中，一对正在谈话的人物。当一方从左向右说话时，另一方需从右向左说话，从而可以表明两者的相对位置与关系。如果双方在画面中均显示从左向右或都是从右向左，则会造成两人同向说话的效果。

运动轴线是指人物或物体运动时，在其运动方向的画面上所形成的一条虚拟直线。比如，画面中人物由左往右运动，我们理解为其向前步行。当画面中人物由右往左运动，也就是我们从人物右侧跳到人物左侧拍摄时，我们理解为其向反方向步行。

摄像师在表现人物之间的相互位置交流，或在拍摄人物、物体的运动而作出相应机位变动时，为保证被摄对象在电视画面内空间的合理位置、统一方向，必须遵守这条看不见的轴线原则。

● 轴线原则

轴线原则要求摄像机应该在轴线的一侧区域内设置机位或安排运动，从而为后期制作剪辑符合轴线原则的画面服务。被摄主体的位置关系和运动方向必须始终确定，以保证其变化合乎视觉逻辑。

一般而言，前后相邻的两个镜头不能跨越180°到物体或人物的另一个侧面拍摄。否则就会造成越轴，使得观众以为被摄体一会儿向右、一会儿向左，令人产生歧义。尤其在拍摄人物访谈时，两台摄像机必须安排在人物关系轴线的同一侧，并采用"外反拍"或"内反拍"的方式来进行。如此，既可以确保画面符合轴线原则，又可以获得较好的取景角度，使人物对话产生现场感。

在实际拍摄中，有某些特定场景里可能会出现双轴线情况：既存在关系轴线，又存在运动轴线。在这种情况下，摄像师应当以关系轴线为主要轴线，使运动轴线服从于关系轴线的关系，这样就可以灵活跨越运动轴线去进行镜头调度和拍摄。

● 轴线运用

轴线原则在实际运用中对表现画面内容、叙述故事情节、观赏视觉效果以及创造心理节奏等方面都具有重要的意义。首先，我们来谈一谈遵守轴线原则的规律。当摄像师遵守轴线原则的画面之后，内容表现不仅合理得当，而且具有良好的视觉逻辑关系。在叙述故事情节时，遵守轴线原则的画面可以使画面叙事具有一定的连贯性。观众在观看遵守轴线原则的画面时，视觉流畅自如，观看心理具有稳定性。

通常在越轴镜头时加入一个特写镜头，可以起到调整组合的作用。

在多机拍摄的情况下，有意的穿帮越轴现象可以适当地增加现场气氛，但要谨慎使用。

所以，遵守轴线原则的画面，节奏平稳、和顺；而违反轴线原则的画面产生停顿、跳跃感。由于失误而造成越轴镜头的，应在后期编辑时借助中性镜头、大特写、空镜头等技巧来组接，从而进行调整，弥补拍摄的不足。在这些镜头中，特写镜头尤其是大特写镜头是一个良好的润滑剂，它可以缓解越轴造成的事物，因此也常被摄像师称为万能镜头。

但是在某些影像创作中，我们也会因为表现某种艺术效果而故意造成越轴效果，那么以上的这些注意事项则可弃之不理。当我们使用了越轴方式来组接镜头时，就会造成不一样的视觉心理节奏，从而营造出紧张、惊险的画面气氛。比如在某些紧张的武打片段中，当多人围住一人进行纠缠时，我们可以利用越轴等效果造成现场混乱，从而营造出一人腹背受敌、双拳难敌四手的境况。如果此时你仔细辨别，就会发现其实导演利用的越轴现象不仅使景象复杂，还为烘托紧张的剧情铺垫了感情。

在多机拍摄的情况下，机位安排调度时也会发生穿帮越轴的现象。穿帮通常是指某机位摄像机把其他机位摄像师或其摄像器材一起带入自己的画面。一般说来，机位穿帮的画面内容与要表达的主题无关，摄像师在机位安排调度时应当予以注意，避免出现画面穿帮的问题。

但是在某些大型节目拍摄时，很多现场导演也会利用机位的穿帮来营造真实的现场感，尤其是户外栏目或是大型文艺表演中常常出现。所以也就出现了偏按有意使用方式来组织拍摄的节目。但也必须指出，即使为了增强现场效果，栏目在播出时仍就谨慎地播出一两个片段加以点缀，可见穿帮和越轴现象还是小心使用，不要弄巧成拙。

## 3.6　景别与画面

通常拍摄距离和主题以及拍摄内容密切相关，如图中的对话人物，产生了一种使观众亲临现场的气氛。

摄像师在现场需要对实景中的部分进行一定的截取和选择，这个过程就是摄像时所说的取景。取景时我们对拍摄的画面有着大小和取舍之分，而取景也可以理解为摄像师在现实场景中主动选取最理想的成分，并使之成为整个影像主体的过程。

通过摄像机的取景，可以确定场景中需要表现部分的视觉元素，舍弃另一些多余的视觉元素，并同时考虑摄像机如何放置，且以最佳角度、焦距、距离来进行工作的流程。通常，摄像师在取景时需要考虑到画面的合理性、规范性和整体性这几个主要特征。

因而，确定摄像的景别其实是一个庞大而系统的过程。在这个过程中，摄像师的脑中必须考虑到观众想看什么，以及用怎样的画面让人看等问题。而在整个思维预想中，景别的大小和分类则对影片的最后表现有着很大的影响。苛刻地讲整部影片就是由不同景别画面组合而成的结果，所以学会识别、学会拍摄和学会运用景别就成为如何拍摄镜头的开始。

### （1）拍摄距离

拍摄距离是摄像机在现场时与被摄主体之间的距离关系。一般它和创作意图、拍摄的环境、摄像师的现场应变能力等因素有关。我们需要根据画面拍摄的实际情况和现场具体的工作环境来确定摄像机的距离。

以一个固定焦距来看，不同的拍摄距离会影响到主体在画面上成像的大小不同。其最明显的效果是使用广角类焦距镜头时，画面呈现近大远小的效果，可以构成不同的画面表现；如果以一个变焦镜头来观察，不同的拍摄距离则可以由变焦镜头来弥补。此时，摄像机和被摄主体间的空间距离主要用来影响观众的心理和情绪变化。

这是通常我们在拍摄中一个不容易重视的细节。人们认为远近大小只要在变焦镜头的配合下就可以随意变动，岂不知在拍摄距离没有变化的情况下广角的畸变和长焦的压缩都会使观众产生不同的心理效果。

远景指开阔、巨大的场面，具有空间宏大的规模和气势。

一般来说，凡是现场环境和拍摄条件允许的情况下，选择近距离并用短焦距镜拍摄，画面较为容易稳定且能产生大景效果，清晰度也相对较高；而在现场环境不允许的情况下，选择长焦镜头拍摄，画面可以产生前后虚实并且可以出现压缩环境的效果，同时画面清晰度也会相对减弱。拍摄者可以通过实际运用，细心体会其中的差异，其实惯用长焦的影片和惯用广角的影片都是俯拾即是，大家只要认真研究一两部这样的片子就能很快了然于心。

### （2）景别的分类

那么对于拍摄距离来说，它和焦距的相互搭配可以决定拍摄中的一个关键因素，这就是景别。景别是指被摄主体和画面形象在屏幕框架结构中所呈现出的大小和范围。

全景可以展现一个比较完整的场景或地点，表现在该区域内的环境气氛和人物全身形象等。

中景包括了人物膝盖或腰部以上的身体大小，主要体现说明、运动、对话等人物表现。

近景是显示人物胸部以上的身体大小，可以表现人物面部神情，兼具人物动作的展现。

在生活中，人们普遍都有这样的心理：当你对某一人物或事件感兴趣时，总希望能从不同距离、不同角度去观察，摄像画面中不同景别的运用正是适应和满足了人们的这种审美需求。由于镜头景别的变化使画面形象在屏幕上产生面积大小的变化，从而为观众提供了接近主体或远离主体观看的可能性。

通常根据画面由大到小的变化，我们将景别大致上分为远景（大全景）、全景、中景、近景、特写等五种类别。不同景别的画面所显示的人物大小及拍摄范围均会表现各异：景别大，拍摄范围大，画面中主体与人物面积小；景别小，拍摄范围小，主体与人物面积大。

- 远景

远景又称大全景，它主要展示开阔的场面，表现空间的规模。因其画面容量最大，所以人或主体在画面中所占的面积极小，通常远景将大自然或大型环境作为表现对象。比如，在拍摄非洲草原的辽阔时，常用此类镜头表现动物的渺小和自然的伟岸。

- 全景

全景是指展现一个完整的场景，表现一定范围的环境气氛。其中将能完整表现人物全身和形体动作，同时可以兼具部分环境的景别，称为人全景。全景和远景有时候在拍摄时无法加以细分，摄像师则可以按照拍摄现场之情况自由操控，不用完全限于定义的表述范围。通常，全景也是我们在拍摄时最能常见的画面之一，比如舞台演出的歌手、正在步行的路人等等。

- 中景

中景划分时以我们正常成年人为例，当表现人物膝盖以上的动作，或和其大致场景中的局部物体时，就是我们所说的中景之概念。这是在日常应用中最多的景别之一。中景在各类画面中用来表现人物的谈话和情绪交流，既能看到人物周围的环境，又能观察到人物的外貌和表情流露，因此也常被各种谈话栏目作为固定镜头来使用。

- 近景

近景是显示人物胸部以上或与其等大物体时的画面。它用来表现人物面部表情和神态，同时可以刻画人物性格，反映物体的某个具体局部面貌等等。近景介于中景和特写之间，可以很好地弥补两种镜头过渡时的不足和空白，起到衔接的功能。在全套整组画面的拍摄时，不至于镜头间相互过分跳跃，而产生让人突兀的心理感受。

特写是指表现人物脸部主要大小的区域，通过镜头的引导来强调事物的重要性。

- 特写

特写是指突出表现人物肩部以上部分的画面。它可以清楚地使观众看到人物的神态变化、脸部细致表情等。一般来说，特写是将主体中人

们关注的局部放大，并且加以有意的聚焦，因此具有特别强的视觉冲击力。当然，还有一些更小的景别画面，通常我们称之为大特写，它主要用来重点表现人物的细节，或是某个物体中值得关注的细小纹理等等，具有一定的主观倾向。

景别以拍摄主体作为划分标准。一般在拍摄人物时，可以借鉴正常男性成年人的身体为参考对象；如果拍摄时表现的主体是物，则可将该物体作为标准来划分。同时，景别划分也是人为相对的结果，比如一根树枝，对树叶来说是全景；而对整棵树而言，却是近景或特写。

所以，如何划分景别没有绝对严格的界线，要根据具体情况灵活掌握。同样的景别，人物大小及拍摄范围的变化，都会造成拍摄效果出现相应的差异。由于拍摄内容和对象不同，有时候人为地进行一些差异调整也是必要的。

### （3）景别的作用

摄像师通过调整景别，可以对画面中的物体进行取舍并进行一定的组织，制约视线、引导注意力，同时规范画面的内部空间、暗示画面的外部空间等作用。景别是决定观众的观看内容、方式以及对内容接受度的一种较为有效的人工干预。

远景常用于影片的开头或转场，用以形成某种基调或是视觉节奏等。如图为《阿拉伯的劳伦斯》中的远景场面。

首先，不同的景别会产生不同的视觉距离；其次，不同景别也会表现不同物体间的主次关系；不同景别还可以对观众视线产生不同的约束作用，有很强的指向功能；此外，不同景别同样还能影响视觉节奏的变化，形成作品的整体风格；最后，不同的景别承担着不同的表意功能。为便于掌握要点，人们将之简述为：远景注重气势，全景注重气氛，中景注重形态，近景注重表情，特写注重神情。

第一是远景。远景能表现自然环境和宏大场面，加强画面的真实性；远景画面人物与环境结合，用以反映特别的情绪效果；远景便于表现主体的活动范围和运动轨迹；远景还可以让观众在心理上产生过渡感或退出感等。常用于影视片的开头、结束或场景的转换中，形成某种特有的视觉节奏或是用以调节视觉转换等。

全景兼顾环境与人物的关系，通过人物在环境中的行为来为影像理解提供帮助。如图为《巴顿将军》中的画面。

中景利于主体的动作表现，同时将观众的视线集中在主体上。如图为《乱世佳人》中的中景画面。

特写用来突出某个局部或是某个物体的具体细节，反映拍摄者具有指定性或是强制性的部分。如图为《罗马假日》中的特写画面。

近景用来表现人物的面部表情，同时还具有对某个物体局部收拢视线的作用。如图为《西北偏北》中的近景画面。

　　第二是全景。全景决定场景中的空间关系，常常起到定位的作用，也是每一个场景中的主要镜头；全景中既有人物活动，又有环境空间，还能表现出环境中某些气氛；全景通常能完整而又清楚地表现主体的活动范围、形体姿态和运动轨迹；全景画面在各种表现中可以形成幽雅、缓慢的视觉节奏等。

　　第三是中景。中景主要表现紧凑空间内的人物活动和相互关系，与人们在现实生活中人眼所见的空间关系最接近，符合观众的观看心理；中景有利于表现主体的动作形态，交代人物身份和各自特征；中景还能通过一定的环境烘托、推动叙事情节的发展；中景画面最大的作用是能引导观众的视线集中于主体人物的形体动作之上，使人物的举止得到有效地展现。

　　第四是近景。近景善于表现人物的面部表情，是用来刻画人物性格的主要景别；近景有明确的指向作用，有利于表现主体富有特殊含义的局部，从而达到实现突出主体的作用；近景画面中人物所占面积较大，空间范围较小，能够形成较近的视觉感受；近景还能缩小观众与镜头内人物的心理距离，形成交流感，产生情绪上的共鸣等等。

　　第五是特写。特写景别用于突出表现某一局部，放大某个细节，反映质感且形成清晰的视觉形象；特写具有表现人物神情的优势，能揭示人物的内心世界；特写镜头具有强迫的指向作用，有效约束观众的注意力；特写镜头的残缺、不完整性也形成了视觉张力，给观众提供画面外的想象空间；由于特写镜头分割了与环境的联系，表现不确定的空间方位，因而常被用做过渡镜头和补充镜头，用来组接一些无法剪辑的片段等。

---

**？ 思考与练习**

1. 学会摄像机的持握与操控，同时掌握正确的曝光与对焦。

2. 学会基本的画面拍摄方法及其原则。

3. 理解景别与画面的相互关系，并能运用于实践中。

# Chapter 4
## 第四章 画面的构图原则

画面构图是为表现某一特定内容和视觉效果，将被摄对象及造型元素有机地组织、安排在画面中并形成一定关系；同时，画面构图也是拍摄者的一种思维与心理过程。

摄像师从无序的现实世界中找到秩序和规律，把散乱的点、线、面和光、影、色彩等诸多视觉元素组织成可以使人理解、悦目的画面，还能传达影像制作者的某种情感。此外，在整个构图的过程中需要拍摄者的体力支撑与运动。可以说，构图是一项兼具脑力和体力的双重复杂劳动。

因此，画面构图可以使主题思想和创作意图形象化，是我们在影像艺术创作中的一种重要手段。构图好坏、优劣，人们对于画面的感受等往往代表了拍摄者的审美水平、艺术修养、创作风格以及文化背景等诸项能力。

影像以画面作为叙述工具，构图对于画面来说是拍摄者传达主题思想的一种外在形式。

## 4.1 基本要领

画面构图是镜头语言表达的基础，是反映摄像内容的外在表现形式。画面构图以平面的屏幕再现和创造出现实的立体空间。通过有限的画幅，我们可以表现无限的空间景物，获得天马行空的想象。

● 总体要求

对于画面的构图，我们总结了一些宏观的要素。希望拍摄者从一个整体的高度来理解与把握图像与内容的关系。时刻牢记，摄像是一项用图示意的艺术创作，也是一项图达情的心理过程。

首先，对于构图来说，这是我们影像创作意图外显的一个过程，我们应在拍摄中以明确的形式传达出编导的主题思想。

其次，构图与景别关系紧密，两者密不可分，我们在使用构图时不可顾此失彼。景别在拍摄中比较侧重于主体人物，适合表现人物的大小和背景等。而构图则是指整个画面内部结构的布局与大小关系等。一句话，景别要通过构图来表现，构图是支撑景别内部的重要组织形式。

另外，主体形象突出与否，是我们衡量画面构图的主要标准之

主体形象的突出与否，有时是我们衡量画面构图的主要标准之一。大小失调、主次颠倒都会影响影像的画面效果。

画面在交代主体或人物时需要考虑各个个体间的搭配合理与协调。

一。我们在构图时应当体现出鲜明的风格，将和谐的构图画面还原给观众，让人带来美的享受。

最后，无论何种摄像构图，都应当简练明快，忌讳繁杂琐碎。构图画面是对现实空间的省略与暗示，画外空间需借助观众的想象去进行补充，这才是好构图的真正内涵。如果将所有的景物一览无余，则会让人感到画面缺少生机。

● 具体操作

画面构图要求平。平整的画面是拍摄中的基本要求之一。这里的平是指画面构图要求横平竖直，建筑物的主体轴线要垂直于画框横边，地平线应平行于画框的横边且不能居中，要根据实际的情况决定偏上或偏下。

画面构图要求自然。我们在拍摄各种景物时，尤其是拍摄人物时，构图应注意画面要自然而具美感。各种景别安排均要考虑到主体人物的完美协调，不可拖沓凌乱。

画面构图要求疏密得当。我们在拍摄画面时需适当留出各种空白，以保证视觉上的透气。摄像构图要让画面气息有流畅之感，既不能拥挤闭塞，又忌讳空空荡荡。摄像构图的画面留白包括：天头留白，即画面上部的留空；运动留白，即跑动方向上的前或后处留空；关系留白，即人物间、景物间、人与环境间的适当距离和留空。

画面构图要求以观众为视觉中心。我们在构图布局时，表现的主体应安排在画面接近中间部位，但又不能完全处于中心的位置。要观察人物的视向和运动方向，同时也要考虑到摄像机的旋转和运动趋势等。一般地说，视向或运动方向一边应略大于另一边，运动拍摄时注意不要造成人物切近左右边际线。

画面构图要求注意均衡。我们在摄像构图时，要注意到画面的紧凑与协调，防止出现主体表达中的画面重心下垂或左右失衡的状况。

画面构图要求有视觉的想象空间，体现心灵的感受体悟。任何一种构图没有也不应当有一成不变的固定模式，拍摄者应根据拍摄现场的情况随机应变。同时应注意一点，拍摄是一个动态的过程，如果在动态的镜头中硬要追求画面的完整无瑕疵或对模式的生搬硬套，都会使本来具有美感的事物失去美，也失去观众的对影像认同感（图1）。

同时构图需要注意疏密得当，以缓解视觉的紧张，但有时也可以反其道而行。

图1，构图需要有视觉的想象空间，体现出拍摄者或是影像内部主体的思想情绪。

图3，在各类光学镜头模拟的画面中，透视起到了非常重要的作用。它在一个虚拟的画面中再造了真实世界。

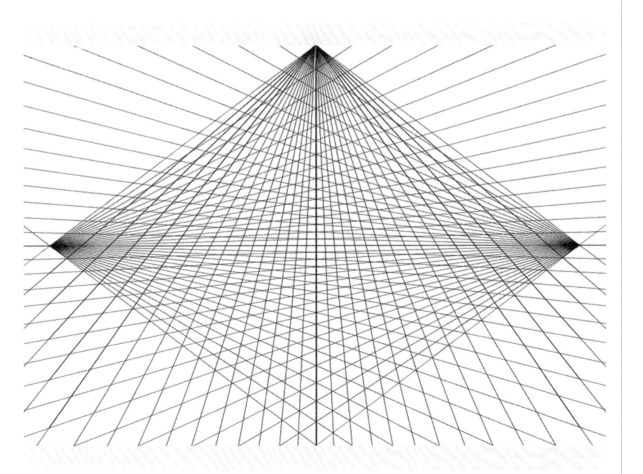

图2，透视现象是人们在绘画中总结的一些自然规律，它可以让二维平面有效地转换成三维图形。

图4，线透视表现的是物体近大远小，具有强烈的空间纵深感。

图5，大气透视表现物体由于距离的远近产生的近浓远淡的画面效果。注意画面远处的树木，随着距离的远去，在空气中渐渐地趋淡。

图6，色彩透视表现的是近处主体色彩饱和艳丽，远处的色彩逐渐减弱的特征。

## 4.2 空间与透视

电视摄像是以二维空间的形式表现三维空间的视觉艺术方式。现实世界中空间是立体构造，而摄像画面却是平面二维，它只有上下左右而无前后之分。摄像师要利用镜头的透视效果和光学特性来模仿人眼的视觉经验和心理感受，在平面上再现立体的世界。

观众在观看屏幕图像时，对物体的空间位置会很自然地根据自己日常的生活经验作出分析、推理，并在大脑中形成判断。例如景物近大远小、物体近高远低、光影近浓远淡视觉常识等等（图2）。

而摄像师正是利用常人这种共有的经验，来对画面的各种造型元素进行布局，并通过构图的空间透视现象，创造再现立体空间的纵深感，让观众确信屏幕上的图像画面就是现实空间的重现。在这一点上，摄像师也可以说是一种造像师，他利用人的共同心理体验来复现所见的心理感知，具有一定的再造甚至是创作幻象的作用 (图3)。

利用画面构图来体现空间透视关系是各类摄像师的主要任务之一，掌握空间透视原理是摄像师用以进行画面立体化造型的基础。一般认为，在拍摄时的透视效果与摄像机的机位、摄像机的镜头焦距密切联系。

### （1）透视现象

透视是一种自然现象，最早人们在绘画中发现将一个三维物体处理成平面二维的图像时，不仅比例失调，而且形状怪异。因此人们在研究如何把物体画得更像的过程中，慢慢发现了透视所带来的真实视觉感。

人们在最初研究透视时，是将一块透明的玻璃平板置于想要绘画的景物之前，景物通过光线的反射会在薄而透明的纸上形成和真实场景相同的画面。画家将这个画面用单色笔描摹下来，即能形成和真实物景相同的图像。在这个过程中，人们不仅学会了如何画出真实物体，还在不断地总结经验中使用了这种自然规律。后人将在平面画幅上根据一定原理，用线条来显示物体的空间位置、轮廓和投影的科学称为透视学。

现代拍摄设备是依照透视原理设计、制造的。也就是说透视已经内置在了镜头中，这是无法避免的，唯有遵守和施行。

西方著名的画家·达芬奇早在文艺复兴时期就总结和写出了这种自然现象，他主要关注和研究的是我们今天所称的线透视现象。它的基本原理和上文的介绍相近，是指在画者和被画物体之间假想一面玻璃，固定住眼睛的位置，即用一只眼睛看，连接物体的关键点与眼睛形成视线，再相交于假想的玻璃，在玻璃上呈现的各个点的位置就是你要画的三维物体在二维平面上的点的位置。这个过程非常像我们今天透过镜头来拍摄的过程。也可以说，今天的摄像机和照相机是将这个曾经需要人们假想的过程，用一种实际的光学模式进行了套用。

对于现在的拍摄者来说，由于摄像机已经内置了这种光学透视现象，所以在实际操作中其实是将透视现象如何更好地运用出来，以此来体现这个本已存在的自然规律。但是在很多拍摄中，我们也不得不发现这种舶来之品在中国的处境似乎并不太好。中国画中传统的散点透视是国人依据西方透视学套用的一种中国画经验，但是在我们已有的画面感知中，透视对我们来说不仅显得陌生，而且有很强的疏离感。这就造成了大部分中国的影视画面似乎总缺了点什么的感觉。如果单从透视来说，那是因为我们没有认真揣摩好自然现象，却总以为这和我们拍不拍得好画面没有关系。

透视按照分类大体有三种典型的形态，即线透视、大气透视和色彩透视。下面我们来分别简述之。

### （2）线透视

线透视是指由于透视原理，平摄的物体近高远低所呈现的线条，也可以想象成不可见的线条，把视线导向纵深，从而使人感到空间所具有的深度。这种感觉最常见的来自于我们站立在一排笔直延伸的树前，或是一条向远方而去的道路，这让我们体会到一种强烈的近大远小的视觉体会（图4）。

在各种类型焦距的镜头中，广角镜头可以凸显线透视的效果，由于广角镜头的光学特性，将现场物体线条人为地夸张成向纵深和四角发散，所以使得三维空间的感觉十分强烈。线透视也是各类透视的基础，人眼在观看景物的时候最易察觉和最易体验的也是线透视现象。所以，在碰到介绍远景和大场景时一定要仔细把握好物体的远近关系和大小比例，从而使人产生明显的纵深与空间感。

另外，线透视也是一种很强的心理暗示现象。当我们能忠实地模拟现场复现出线透视的情况时，我们可以使观众产生强烈的身临其境的感受。比如我们在观看大全景这样的画面时，很多略带俯拍的广角镜头使人有一种人在现场的冲击力，是各类影像片段中常用的开场手法之一。

### （3）大气透视

大气透视，也叫空气透视，它是指由于拍摄对象与镜头之间有一定距离，造成物体的色彩影调表现出近浓远淡的特征，从而产生一定空间深度感的透视现象（图5）。

通常情况下，由于紫外线和空气中尘埃的影响，远处物体色彩纯度低、反差小、亮度高；近处物体色彩纯度高、反差大、亮度低。因此，在拍摄过程中我们会明显地发现同样的物体近处鲜艳夺目，远处模糊虚幻。比如我们站在高山之巅望远处的云海缭绕时，就会发现近处的云海层次鲜明、气流翻涌滚动，而远处天际线边的云海模糊不清、消散成一片雾霭。

特别在使用超长焦距镜头拍摄远处景物时，由于纵向空间距离较长，空气中悬浮物质密度不等而产生各种不同的折光率。因此，这时镜头中所摄的物体会在画面中呈现游移不定的飘忽状态，甚至会在地表附近出现近似于水波状的反光带等等。仿佛隐约可见的运动物体所形成的倒影一般，具有一种魔幻的视觉效果，画面也表现出大气透视所显现的独特肌理。

通过这种透视现象的描述可以不断地提醒我们，在进行远距离拍摄的情况下，摄像师有时候需要着重强调出这种空气现象。在对这种现象的运用中，制造出某些人眼无法识别的视觉幻象，从而增加画面的艺术感。

### （4）色彩透视

色彩透视是指在拍摄风景和人物的过程中，近处主体呈现出明亮、高纯度的色彩，而远处的主体由于距离的增加会不断地减弱这种色彩表现力。这种色彩透视的现象在今天的数字时代需要着重指出 (图6)。

由于我们的大部分机器已经具备了真实和超越现实的色彩还原能力，所以在画面的拍摄过程中，摄像师必须关注到一个不断加强的现象，即观众对于画面色彩的追求。这在过去的拍摄中没有受到主流拍摄的强烈支持，原因当然也是多种多样。受到当时技术的限制，我们在拍摄中即使注意了色彩表现，最后也无法忠实地予以还原。因此，在很长时间内摄像师关注远近比例和前后虚实关系，但没有认真考虑物体的颜色表现能力。而这在今天的拍摄中却占据了很大一个部分，我们经常会由衷地赞叹国外影片中的风景优美宜人、色彩艳丽，而相比国内的影像制作却常常灰蒙蒙的一片，让人无精打采。在这其中，摄像师掌握和运用色彩透视的原理其实是一个很大的因素。

调整好物体的色彩表现力成为了隐含表达观点和态度的一种方式。有些摄像师不顾色彩关系的表达，在拍摄中希望一味地突出主体，将机内设置硬性地提高；或是在表现某个近处物体时，不采用就近拍摄的原则，为了省事，在远处用长焦拍摄一通也就草草了事等等，都会对画面最后的成像带来不能挽回的失误。我们需要在平时拍摄中养成一个良好的习惯，多留心和注意画面的各种关系，在条件允许的情况下回放影像和数据以确保前期拍摄的综合效果。

## 4.3 黄金法则

人们在长期的平面构图中掌握了一种基本的比

画面构成中的黄金法则最早来自于数学的精确计算。

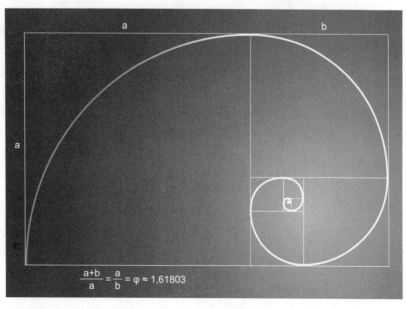

$$\frac{a+b}{a} = \frac{a}{b} = \varphi \approx 1,61803$$

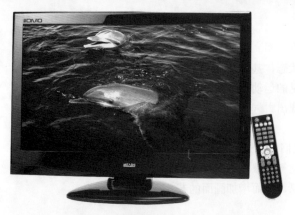

黄金法则可以让屏幕中的图像看上去更加舒适、惬意，满足人的视觉愉悦度。

三分法是黄金法则中最为常见的办法，它通过对画面呈井字形的划分，使拍摄者可以快速地为拍摄主体定位。

例关系，这种比例关系简单来说就是黄金法则。它是平面中一种用以表现各种物体间相互关系的视觉现象，也可以说是一种人眼追求视觉美的要求。

在这种比例关系下的平面组合，可以使人眼获得最完美的艺术享受。因此，从古典绘画时代开始人们就着手将此运用在平面视觉上，直至今天的视频拍摄时代，这种规则和美感依然是人们相互信任的守则之一。

● 黄金法则

黄金法则，也称为黄金分割律，它是传统画家在平面绘画中积累的长期经验。尽管这一由古希腊美学家率先发现的分割定律已经统治了数千年画坛，但是直到今天，它的美学地位和实际作用还在现代人眼中熠熠生辉。对于动态视频的摄像师来说，了解并巧妙地利用黄金分割原理，不仅有助于在短暂的瞬间中简洁地把握完美的构图形式，同时也能为创新出奇的画面创作打下基础。

从原理上来说，黄金法则实际上就是寻求一种完美的图形比例。这种规律的发现最早来自于数学的几何图形，人们在对正多边形作图时发现，如果要画出一个几乎完美的正五边形或是正十边形时，就需要用到黄金分割。在对几何比例的求索中，这种对于自然的美的关注也延伸到了绘画领域。比如，以雅克·维隆为首的黄金分割画派关心的就是几何形状的比例和匀称。在无数人的推动下，大家不仅将这种从数学演算得出的规律加以总结，同时还将这种自然现象式的规律运用在艺术创作中，用以满足大多数人的视觉享受。

0.618这一神奇的黄金分割数字无声地道出了均衡的秘密。比如，现在我们所看到的书本杂志，它的长边与短边之比一般就接近于0.618，生活中按照这一比率设计制造的用品俯拾皆是。我们今天使用的普通35mm胶卷电影画面的长短边之比也和黄金率相去不远等等。这些都在暗示或揭示一个道理，黄金法则是一个可以无限运用的原理，我们可以将它为我们的画面拍摄起到意想不到的作用。假如我们将这一比率简化到拍摄中，就形成了摄像拍摄中最为常用的三分法原则。

● 三分法

不管摄像机取景时采用何种方式划分平面，我们都可以先将画面上下左右等分为三，形成一个"井"字，画面上就会出现两条横线和两条直线，并产生四个相交点。如果这时你将地平线放在两条横线的位置，或是将被摄的趣味中心放在任何一个相交点上，都会发现有一种比较愉快的均衡感。假如试着将地平线或是趣味中心移到正中，往往会产生过于平分的呆板感觉。反之试着将趣味中心移到边角上时，又会出现压迫感。

这是一种十分简单易学的黄金法则运用，我们发现很多好的摄像师在拍摄时采取的是主动迎合，而不是有意回避。他们会将需要表现的主体设置在每条线段出现的地方，或是将需要表现的主要部分放在两条线段的交接点上，用来提醒和引导视线，达到有目的的强调。在今天的摄像机显示器上，我们可以通过机内显示标明出这种三分线条，通过在机内取景或是监视器上的显示可以在实际拍摄中有意识地引导摄像师去表现。

在实际中，三分法可以作为拍摄时的一种参考，将观众的视点吸引到主体上来。

但是拍摄毕竟不是做几何题，所以很多时候我们需要的是一个机动的构图原则，并不是说每一个出现的主体都必须一丝不差地出现在三分之一线上，这会让拍摄失去了某种乐趣感。比如一部驶离视线的汽车，当它起步时位于画面一侧三分之一时，远去的跟拍场景不一定全部卡死在画面的一侧，这反而会让观众产生一种错觉，是不是摄像师有点儿太做作的嫌疑。

## 4.4　主体与陪体

在人眼的观察过程中，我们的大脑会自动区别什么是主要的或者什么是我们想要看到的。但是在摄像机的拍摄中，镜头却无法知道什么是主要的或什么是主体，这就需要拍摄者主动地进行选择并加以表现。

毫无疑问，人眼无法同时对两个主要的物体对焦和关注，因此这也是拍摄者在拍摄时必须区分出主体和衬体的差别。除非你是有意的艺术化创作，否则一个符合常人观看习惯的影像中，主体的突出和衬体的配合都是相得益彰的事情。关键在于那些成熟而老道的摄像师们总是将之糅合在了一起，常常让你忘却了原来画面还是有主次之分的。

主体是拍摄中表现的主要对象，在整体中起到了主导和推动作用。如图，画面中的男性是这幅画面中的主体。

● 主体

主体是画面中所要表现的主要对象，是画面存在的基本条件。主体在画面中起主导作用，通常是整个画面的焦点所在。主体是画面的内容中心，又是构图的表现中心。一幅画面可以只有主体，没有其他结构的内容，但是一幅画面决不能没有主体。所以，主体既是内容表达的重点，又是画面结构的趣味点。

拍摄时，摄像师要应用一切造型手段和艺术技巧来表现和突出主体的形象，给人深刻的视觉印象。

陪体是辅助主体完成某个情节中的画面构成。毫无疑问，画面中手持对讲机的人是这组人物的主体，但是如此众多陪体的映衬下，气氛会显得特别紧张。

陪体过分地出挑会误导观众的视线，造成画面内容的偏移。如图，在没有前后介绍中，我们无法分清主次。

视觉中心可以简单理解为拍摄者的想要观众感兴趣的主要部分，通过景别和构图我们可以突出画面的视觉中心。

画面中的每个细节都影响了视觉。如图，拍摄者应用景深关系将所有无关的物体予以排除。

摄像师在拍摄时首先要确立主体，通过构图和光影等手段处理好主体与陪体、主体与背景以及其他结构内容之间的相互关系。一般我们将主体的作用总结为：

主体在内容上占有绝对重要的地位，承担着推动事件发展、表达主题思想的任务；主体在构图形式上起到主导的作用，同时主体是视觉的焦点，是画面的灵魂所在。

摄像师应当根据拍摄对象和表现内容，采用一切造型手段和艺术技巧突出画面主体，给人以深刻的视觉印象和高超的审美感受。同时还要做到在主题思想上的立意鲜明，在构图形式上的主次分明。

● 陪体

陪体是和主体密切相关并构成一定情节联系的画面构成部分。陪体在画面中与主体形成某种特定关系，有时也帮助主体表现主题思想。陪体在画面中可以是完整的形象，也可以是局部的形象。陪体是画面的有机组成部分，应当确立主体，一般也需安排适当的陪体。

陪体的作用是：陪体可以渲染主体形象，帮助主体表明画面内涵；陪体丰富了画面内容，起到均衡画面的作用。主体应突出，摄像师应将主体安排在画面视觉中心位置；陪体则处于次要位置，以烘托、解释主体。

在构图处理时，陪体不可喧宾夺主，无论色彩或影调都不应过分引人注目，避免本末倒置。主体人物通常应当拍摄完整并朝向摄像机的镜头；陪体人物可侧面表现，有时陪体还可以虚化。

● 视觉中心

视觉中心就是画面中最使观众感兴趣的某个部分。在一般的情况下，主体形象往往构成趣味中心，只要我们调动各种造型因素对其强化，就能获得理想的效果。但实际上从观众的欣赏角度出发，有时你所建立的主体形象未必就是受观众欢迎的趣味中心。尽管这一主体形象在画面中非常突出，但由于它的司空见惯，观众的目光也就不可能在上面停留更多的时间。因此，从接受美学的角度出发，我们考虑的是如何建立并强化趣味中心，如何使主体形象成为真正的趣味中心。

首先是在画面中是否要建立一个或一组形象使其成为趣味中心？因为在一幅画面中可能并不需要一个独立的趣味中心。比如拍摄沙丘，那连绵不断的线条、细浪般的质地、闪烁的黄褐色以及广阔的空间已经构成了一个吸引人的整体。此时你再想确立一个主体形象，比如将一块深暗色的岩石放在前景使其成为"趣味中心"，你就得问问自己：这块岩石与整个沙丘究竟构成什么关系？观众是否会对它产生兴趣？这时如果从画面的远处走来一个人，很小，但穿着颜色鲜艳的服装，将其作为趣味中心是否可以呢？回答也许就是肯定的。因为人物服饰的鲜艳色彩与沙丘形成反差，人物的形态又能与自然构成对比，观众往往会对其产生神秘感，在对人物发生兴趣的同时，会让目光在画面上停留更长的时间，因此也容易感受沙丘的辽阔壮观。

接下来的问题是如何强化视觉中心。如果你所设立的主体形象本身就比较独特，就容易引起观众的兴趣。如果这一主体形象一般，就必须调动所有的审美目光去发现形象不同的另一面，比如在用光上、在拍摄角度上以及运用不同的镜头等方面多动脑筋，让人们看到这一主体形象不易看到的另一面，从而对其发生兴趣。一旦给观众理解画面内容以最快的时间和最强的效果，你的构图目的也就达到了。

强化视觉中心的手段有很多。如图，拍摄者使用光线关系强调出视觉中心的主体。

## 4.5 设计的思维

以下我们所说的是构图中的核心，前文中我们将构图的必要性和一些基本要素作了详细描述。现在我们需要通过这一节的思维方式将之贯穿，也可以说我们要将前方似乎零散的内容进行组合。

首先我们需要明确地提出画面是一种设计的概念，必须介入人工的痕迹；接下来我们需要详细讨论一下各种被诸多书本都按图索骥过的构图技巧；最后我们需要对所有的那些人工技巧和规则有所摆脱和突破，其实在实际运用中没有一个人会老想着那些规则，这基本是一个无法完成的任务。

拍摄是一个人为强调的过程。比如在卓别林时代，画面就体现出了强烈的设计感。图中呈现出了一个倒三角形的人物排列。

### （1）导入设计

在此，或许也是第一次，我们必须严肃地指出，画面的拍摄离不开设计。这是过去很多书中并没有特意指明的一个重点，人们由此总是在无穷无尽的构图公式里相互缠绕，以至于后来再也不知道当初为何需要用构图来为画面服务的初衷。我们就是需要告诉拍摄者，画面的安排和经营其实就是一个设计几何图形的过程，如何把每一个元素简化成某种图案，并加之视觉化的安排，只要形式得当、比例协调、前后一致，这就是一个好的构图案例。就能成为观众喜欢、拍摄者欣慰的影像作品。

设计还包含有另一层含义，它明确地指出这是人精心安排的过程。那么什么放在哪里，或是什么需要怎么放才能引起人们注意就是一个很强的人工痕迹。这也是为什么设计总是遭到人们诟病的原因，但是我们在学习的过程必须经历这样一种施工化的过程。没有几个人是天才，唯有天才是自然知晓这些事情的。而且在对画面的设计过程中，其实我们也了解了作为常人你可以如何理解另一个人怎么来看待画面的心理，这可以很好地帮助人们去撤除那些自以为是的部分，从而可以追求人群

更好的设计方式、更突出的形式感将会有利于观众的视觉欣赏和关注。比如图中房屋的外体结构与人物站位的有机结合是编导有意而为的结果。

形式要素希望拍摄者在实际拍摄中，注意环境中容易相互构造的几何图形。

通过画面内容的形式设计可以很好地构成画面，比如图中两人的手形成了一个稍后表现的内容。

中的一种共同感。

我们影像作品的最后目的是传播，传播的目的就是求得认同。想想看我们对于好莱坞的赞许是因为你认同了他的美学观点，并将之向你的好友们推荐。如果你自己的影像率先在好友那停顿，估计想要再次传播的机会也就微乎其微。

在设计画面中，我们通常强调的是形式感至上，也就是我们本章着重讲述的构图法则。但是设计除了形式问题之外，还会碰到声音、色彩、质感以及心理因素等等，这似乎不是我们的重点。但也要有意识地告诉拍摄者，那些你不曾想到的问题都是设计需要解决的问题。拍摄是一个人为的过程，我们当然希望画面不着痕迹，具有天然的妙趣。可这是一种很高尚的艺术操守，在初学或是大量工作时这些玄乎的理论似乎可以放在你的内在修养上，把那些需要关注的重点用设计的方法突出出来。每一个观众都在期待影像的视觉效果，它唯一的可能来自于你手中的摄像机和大脑中一个个符合视觉效果的设计规律了。

### （2）形式要素

设计强调的是人为干预性，但是好的设计希望在人为的痕迹中可以体会自然性和平常感，所以这是一个很难拿捏的尺度。对于一个刚入手的人来说，设计画面的一个重要因素就是形式。视觉思维有这样的特点，当我们在一个陌生的视觉环境中时，人眼可以有效地对七或八种有规则的物体作出判断，这个时间一般控制在毫秒内。而如果需要对更多的物体和形状作出一定判断时，那么这个时间会适当延长，一般随个人的年龄、文化、智力的背景所决定。

这种现象提醒拍摄者，当我们去关注一些没有关系和无序的形象时，人脑和视觉需要更长的时间和注意力，这在各种程度上都影响了人的视觉接受力。也就是说，我们对于有形式、有规律、好辨识的物体更有判断力。这决定了我们在拍摄时需要对现有的物体作出一定的规律性安排和组合，尽量满足人们在短时间内可以接受信息的要求。

此外，这和个体的接受时间有着很大关系，一个人看一个画面太长，就势必会影响下一个画面，而视频是不以单人的理解时间为速度，它会不停地播放下去。按常理说，除非特别必要，人们一般不会回放某个镜头。这就决定了视频的归宿：要么人们无法理解；要么人们不去理解，继而抛弃。通常我们会选择后者，这意味着画面的形式性在视频这种视觉艺术中占据了很大的份额。

自然景物千姿百态，形成了各种点、线、面的集合样式。我们把它按构图的法则排列在一起，可以产生不同的画面构图形式。摄像画面构图的特点是横画面，一般的摄像机画框的宽高比例为4：3，且不能随心所欲地改变，因此摄像师在组织处理画面构图时，必须考虑到这个客观因素。

有的摄像机可以采用遮幅法摄得宽屏画面，但严格说来不能视为真正意义上的改变宽高比例。有的摄录机设置了影像挤压功能，即所摄录的影像左右向中间挤压，使人物显得瘦长。这种模式支持在16：9宽屏电视机中播放，此时经上下向中间挤压两侧向外伸展，使瘦长人物恢复正常。此种方式类似于宽银幕电影的摄制，拍摄时采用变形镜头在胶片上记录瘦长人物，播放时再次变形让观众得以在宽银幕画面中看到正常的人物形象。

影像挤压功能较为充分利用画面像素，一般说来比遮幅法似乎更为优越。在目前 4：3 与 16：9 并存时期，影像挤压功能也许是一种较为合适的选择。新型的数字高清摄录机宽高比例设计为 16：9；这才是真正意义上的宽屏。16：9 的画幅影像比较接近人们眼睛观察的视野范围，视觉效果也就更具现场感。16：9 画幅应当是今后摄录机生产发展的总趋势。下面我们根据屏幕的比例特点，来对常见的构图形式作一个简介：

第一种是三角形构图。我们在画面中对排列的三个点或将被摄主体的外形轮廓组成三角形，这是最常见的构图。三角形构图给人以稳定感和舒适感，画面也比较内敛和收缩，当然也有倒三角形构图。这两种构图可以各成体系，也可以单独使用，尤其是倒三角形构图若能巧妙运用，常常让人耳目一新。

第二种是曲线构图。这是一种十分优美的构图形式，它既可以理解为我们通常所指的对角线构图，也可以理解为字母S形构图。这类构图具有柔和舒展的流动感，产生运动、流畅的视觉效果。优雅的 S 形曲线有舒心、怡人的作用，并且能够引发人们对画面以外的想象。

第三种是框架式构图。这种构图方式也叫做搭设画框法。透过门窗、洞口拍摄景物，前景就使用了门窗这些已有的物体形成了特定的造型框架。既增添了景物空间的深度，又装饰了画面的前景。这种构图方法如果用得合理巧妙，还能形成大景套小景的效果，十分别致有趣；但如果不小心选择画框且频繁使用，则会使画面复杂啰唆。

其他形式的构图还有很多，比如对称性构图、L 形构图、C 形构图、O 形构图等等。它们的主要特点是在构图时拍摄者利用已知的各种

三角形构图给人以稳定和舒适感。如图，人物的站位形成了一个三角形。

曲线构图可以产生伸展和流动感。

框架式构图即为搭设画框的设计，通过画中画的效果来表达和引导观众的视线。

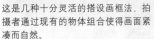
这是几种十分灵活的搭设画框法，拍摄者通过现有的物体组合使得画面紧凑而自然。

几何图形来组建画面，使观众在短时间内获得形式上的认同感。当然，我们在实际生活和现场拍摄中并不一定时时都有规则性的图案出现，这就需要拍摄者从多角度、多方位和多层次来动脑子。当然只要我们在视觉上组成的画面有形式和美感，不一定每一次都局限在某个规定图形中，大家可以依情况而定。

### （3）突破规则

最后是突破规则。老实说除非你是拍摄电影，我们每个镜头和场景都可以细致、反复地进行。如果在普通的拍摄情况下，受到各种条件的制约，很多时候并不一定都有符合规则的图形出现。最重要的是拍摄者需要脑中时时绷住构图这根弦，不能因场面混乱或是现场复杂，举起摄像机乱拍一气，然后敷衍了事。

无论多么复杂的现场和环境，只要你仔细挖掘总能发现可以利用的构图、可以利用的形式、可以利用的方法。关键就是你会不会发现、利用和尝试。深深地记住这一点，拍摄不是数学题，如果把拍摄陷入几何组接中，那拍摄就失去了人性；但如果把拍摄拉出规则和方法之外，那我们同样也会失去视觉的享受。

突破规则在于活用、善用，毕竟拍摄不是数学的几何题。把现实过于限定在理想范围内，常常就会落空。

### ? 思考与练习

1. 了解透视原理，理解摄像机与透视、空间的相互关系。
2. 了解黄金分割的原理，能够自如运用构图中的三分法原则。
3. 理解设计与画面构图的关系，并在实践中大量运用设计规律。

# Chapter 5
# 第五章 运动镜头的拍摄

摄像具有表现运动和运动轨迹的特性，在长期的拍摄中形成并发展了具有自身特点的运动镜头形式。固定镜头拍摄时采用固定机位，即不改变距离、方向、高度，也不改变镜头焦距；而运动镜头则是恰恰相反，它通过改变距离、方向、高度、时间等诸多元素来实现镜头的拍摄。

我们这里所指的运动镜头，意味着通过改变拍摄机位、镜头光轴或焦距来进行的一系列的拍摄过程。在运动镜头中，最显著的外部特征是它的画框在运动，也是拍摄者代替观众的视线在运动的过程。

各种运动镜头主要有推、拉、摇、移、跟以及多种运动形式结合使用的综合运动镜头。同时，一个完整的运动镜头应当包括起幅、运动、落幅三部分。在拍摄各类运动镜头时，必须做到规范干脆。起幅、运动、落幅都应当明确、合适、到位。

通过导轨的推摄是专业拍摄中最常见的一种手法。

## 5.1 推摄镜头

推镜头通常是指机位不动，摄像机的镜头光轴也不变，拍摄的方向不变，通过改变摄像机镜头焦距而得到画面景别由大到小和景物由远变近的效果。它常常和拉镜头形成一组对比和反差。

推镜头可以不变动焦距和光轴，而通过移动机位前进来实现。比如我们所知的拍摄导轨等。改变焦距的推镜头与机位前进的推镜头，在拍摄效果和透视关系上均有所不同。一般我们所说的推镜头由起幅、运动（推）和落幅三个部分组成。

随着镜头的不断向前，空间景物会随之有相应的变化，起到了模拟视线向前运动的过程。

推摄镜头的目的在于将重点表现出来。如图，拍摄者从大环境中使用推摄镜头的目的，是希望观众注意手的组合。

推摄镜头还可表现人物的情绪变化，特别是脸部情绪的变化。

● 表现形式

推镜头的表现是摄像机画框向前运动，画面视点逐渐前移并靠近主体，反映出多种景别在过渡中的变化过程。当观众在观看一个推镜头时，可以了解到空间整体与局部的大小、比例、前后关系等。由于画面范围由大到小，场景中次要部分被不断排斥于画框之外，可以起到突出主体人物和表现局部细节的作用。

推镜头所形成的场景空间的连续变化，具有强烈的视点制约性和视觉的引导性；同时，推镜头保持了时空的统一、连贯，使主体与环境的联系真实可信。

推镜头在逐渐接近被摄主体的视觉表现中，具有连续前进式蒙太奇的效果，能够形成循序渐进、逐渐强化的画面内涵。因此，推镜头可以产生由弱到强的视觉节奏；而当我们使用一个急推画面时，不仅可以使画面节奏变化更具压迫感，而且还具有极强的视觉震撼性。

● 具体操作

一般我们采用变动焦距的方法来拍摄推镜头，有条件的情况下可以使用辅助工具来完成某个推镜头的运动。推镜头的落幅是其核心，应当先确定落幅的景别、构图，聚实落幅的焦点。

所以，通常我们在拍摄时先拉到起幅位置构图，试推一遍；在推镜头的过程中，一般起幅时间约2~3秒，继而拨动变焦按钮让镜头缓缓地推向视觉主体，到达主体目标后渐渐落幅1~2秒，也可根据情节表现的需要做适当地延长时间。

当我们拍摄推摄镜头后，还要体现出以下几点：第一，强调重点部位。推镜头，拍摄范围由大变小，主体逐渐放大，能够既交代主体所处环境又看清局部细节，可以强调其重点部位的特征。这个时候必须选择重点表现，不能随意变化，造成画面效果的不坚决。

第二，反映表情变化。推镜头可以反映人物的表情变化，揭示人的内心活动。比如在人物访谈节目中，有时主人公在叙述过程中流下眼泪，画面可由中全景缓缓推到近景或特写，表现人物的情绪反应。

第三，表现情感效果。在一些能实现手动快速变焦的摄像机上，我们可以"急推"镜头来拍摄某些画面，用来表现兴奋、激动的感情，从而产生爆炸式的震撼效果。但是这种镜头一定要事先有目的地展开，不能想到就做，会让观者产生突兀感。

推摄镜头还可以用于画面的相互组接，一般是局部或相同物的组合。比如图中的枪，是西部片中常用的转场物体之一。

第四，用于画面组接。推镜头可用于两个画面中的转场。当前一个镜头推到某个局部时，可以与后一个镜头某个局部组接在一起。但是这里需要注意的是，这两个连接的物体或局部必须有某种相似性，这样的画面才合理巧妙。这种方式最早出现在法国新浪潮电影的剪辑中，成为一种简便易行的画面组接方法。

第五，操作必须娴熟。虽然拍摄推镜头效果出众，运动感强，但还是应当谨慎考虑，尽量减少使用频率。如用到则必须操作娴熟、技法到位。

## 5.2 拉摄镜头

拉镜头通常是指机位不动，镜头光轴和拍摄方向角度也不变，通过改变摄像机镜头的焦距而得到画面景别由小到大形成景物由近变远的效果。

拉镜头可以不变动焦距和光轴，而通过向后移动机位或后退的方式来实现。与推镜头一样，改变焦距的拉镜头与机位后退的拉镜头，两者拍摄效果、透视关系均有所不同。一般我们所说的拉镜头由起幅、运动（拉）、落幅三部分组成。

拉摄镜头用来表现一个宏大的场景和环境，介绍主体的所处位置与关系等。

● 表现形式

和推镜头一样，拉摄镜头最大的表现形式是改变画面结构。由于拉镜头造成画框向后运动，反映出多种景别过渡变化过程。观众在一个镜头内可以了解主体在空间的位置、局部与整体的关系。由于新的视觉元素逐渐加入，与原有主体产生联系，构成新的组合关系，从而造成画面结构变化。

在影视作品中，我们经常会看到这样的拉镜头：以某些局部作起幅开始，而观众的思想活动又偏偏深受这些局部的影响形成思维定势，拉到落幅才呈现整体形象，这就有可能制造出始料不及的效果。当然，我们也经常看到由一个不起眼的主体开始，通过镜头的综合运用和拉升，我们在画面中逐渐由点到达面，直至到达全景的过程。在此过程中，拉镜头起到了对比、衬托等作用。这个手法在电影开场中时常使用，特别是史诗剧的制作中。

一般随着镜头向后拉开，人们的视野范围会不断地扩大，被摄主体

拉摄镜头的过程中，主体和细节渐渐地淡化，起到了视觉由强变弱的过程。

拉摄镜头最重要的目的在于还原空间，使得表现的主体与空间产生某种相互关系，一般是对比和反衬等效果。

拉摄镜头还可以舒缓节奏，使得原本紧张的画面情绪得以释放。

所占面积由大变小，视觉重量逐渐减轻。而主体周围环境的空间环境得以充分地表现，这样一来便交代了主体所处的位置，表现了主体与其他景物的关系或时间特征等。

和推镜头的方式相对，拉镜头表现主体逐渐远离的效果，具有连续后退式蒙太奇的特征，形成了由强到弱的视觉节奏。

● 具体操作

一般摄像机都有电动变焦装置，可以采用按压变焦杆的方式控制焦距变化来完成拉镜头的拍摄。拍摄时，我们先要确定落幅的构图，然后推倒起幅位置构图、聚焦，尝试拍摄一遍。通常拍摄一个拉镜头，起幅需要约2~3秒时间，然后缓慢，落幅需要约1~2秒完成。

当我们拍摄使用拉摄镜头后，还可以体现出以下几点：第一是展示空间位置。拉镜头在拍摄时，拍摄范围由小逐渐变大，主体缩小，给人以扩展开阔的视觉感受，用来表现主体在空间的位置。这个时候要注意主体在空间中位置的关系和比例关系。尤其是要注意主体和环境、场景的对比效果，不可从主体出，最后拉出画面主体却不知所踪。

第二是表达抒情的意蕴。拉镜头可以调节人的视觉感知，即能表现由紧张趋向松弛缓和的心理状态，慢拉则更具抒情意味。因此拍摄者可根据内容表达的需要，选用拉镜头拍摄，并确定合适的速度。

第三是制造特殊的反差效果。我们在拉镜头拍摄时，也能用手动快速变焦的方法，急速拉出焦距来拍摄某些画面和主体，用以制造爆炸式的画面效果。比如在表现人多拥挤时，可以从一个个体较快速地拉开来表现更多的人群，用以制作一种人满为患的效果，让观者产生惊诧的心理效果。

## 5.3 摇摄镜头

摇镜头是指机位不动，而通过转动摄像机镜头光轴或拍摄方向的角度来进行拍摄的方法，是一种表现力丰富的拍摄手法。

摇镜头以不同的方向角度分为水平摇即横摇和垂直摇即竖摇等两个主要方面。水平摇可以从左向右，也可以从右向左；垂直摇可以由上而

摇摄镜头通过对人眼环顾四周的视觉模拟来达到单幅画面可以展现全貌的运动过程。

下，也可以由下而上。

摇镜头以不同的速度来分，有慢摇、快摇、甩镜头等。通常摇镜头由起幅、运动（摇）、落幅这三个部分组成。

● 表现形式

摇镜头的表现形式有，第一是表现场景空间。摇镜头通过转动摄像机镜头光轴来拍摄，机位虽未变动却能表现较大的场景空间，这个特征与人们日常生活中原地站立环顾四周的效果相似。

摇摄镜头还可以表现两个主体间的相互关系，起到了逻辑上的理解与推进。

第二是引导视觉注意。摇镜头通过画面的外部运动，特别是水平、纵向上的运动来表现出一定画面的强制性，引导视觉注意力由此及彼地转移。特别是在正常情况下，人们通常不以此作为视觉运动的轨迹，因此也增加了画面的新鲜感。

第三是反映位置关系。摇镜头能表现两个主体的空间位置关系，有时在情节上表达了两者间的内在逻辑。一般说来，摇的速度要均匀，不可时快时慢。但有时根据拍摄内容的需要作减速、停顿的间歇摇摄法，在一个镜头中形成若干段落，既引导视觉的停顿，又反映出相互间的关系，还可以为剪辑制作过渡效果。

第四是产生情绪效果。由于摇镜头对观众视线作出调整，具备推动事件情节发展的可能，所以影视片常用摇镜头表现恍然大悟等反应；同时，摇镜头的速度还影响着观众的观看心理，摇镜头的方向角度能表现特定的情绪感受。比如倾斜摇、旋转摇可以表现活跃、欢快的情绪，以此来模仿动作的起伏和人眼的俯仰等情况。娱乐性节目或有些纪实片中经常采用旋转摇摄法，使得画面表现轻松，有一定的不稳定感。当然根据内容的不同，有时倾斜摇、旋转摇也会产生惊慌、恐惧等诸如此类的反面效果。

摇摄的一个重要目的就是产生某种情绪导向。

第五是为特殊镜头的组接服务。在拍摄摇摄镜头时，甩镜头是摇摄的极端表现形式。它在摇摄的过程中，将画面完全虚化，被快速抛甩动作所代替。甩镜头具有强烈的动感，极度地夸大起幅与落幅之间的联系，可以用来表现时间地点的转移。在摄像创作中，甩镜头有时被用做特殊的镜头组接，比如在一个甩镜头的末端可以对下一个连接画面起到开场作用，特别是场地、空间和时间的变化中，用以表达一种快速转移的意味。

摇摄镜头可以展现广阔的视野，显示主体在环境中的位置。

摇摄的速度要均匀、节制。因此，一个有着良好阻尼的云台是拍摄好摇摄的前提。

● 具体操作

在拍摄摇镜头时，首先要找好落幅位置，确定景别的构图，聚实落幅画面的焦点；其次，如果采用手持式拍摄，需要身体站立姿势以落幅时舒适自然为宜，转动腰部做起幅构图，试摇一遍，越接近落幅，身体姿势越趋于放松舒展；如使用三脚架拍摄，则要在拍摄时做到均匀、有序，不可幅度过大；最后在使用摇镜头时，一般我们控制起幅约在2~3秒，然后摇动镜头，最后落幅控制在1~2秒内，有时可视实际情况适当延时亦可。

当我们拍摄摇镜头后，还可以结合以下几点：

第一是展示空间关系。摇镜头可用来展示广阔空间，扩大视野、显示规模，表现运动物体的动作或两物之间的内在联系等。其中水平摇常用于扩展视野、介绍环境，给人以平静、开阔的感受；而垂直摇可以显示自然景物或建筑物的巍然高大，产生崇高、正直向上的感觉，从上向下摇还能造成拔地而起的效果。

第二是内容决定速度。摇的速度与所拍摄的内容有紧密的联系，比如用摇镜头介绍上海外滩的建筑群时，镜头的起幅、中间的运动部分与落幅同样重要，摇的速度宜慢一些，把每一座建筑物都交代清楚。而在使用摇镜头拍摄孩子在草地玩遥控电动车时，可以分别由玩具汽车与操纵遥控器的孩子的手作为起幅和落幅。这个镜头中间的摇表示前后两者的关系，具体过程不太重要，速度略快一些也没关系。

第三是速度反映情感。摇的速度与表达的情感相关，快摇能表现兴奋、紧张等情绪，慢摇则有表现稳重、懒散或舒缓等感情的作用。而在运用急摇的甩镜头，要点在于：为什么甩、前后镜头是否有联系、形成了怎样的逻辑关系、表达怎样的思想感情等等，这些都要事先考虑周全。

第四是方向要求明确。摇的方向没有死板的规定，介绍大环境的摇镜头，通常无论从左向右或从右向左摇都可以。但必须注意落幅的构图要完整。横幅或其他有文字内容的镜头，按书写阅读顺序摇摄。一般都是从左向右，由上而下。

当表现两个对象之间联系的摇镜头时，应当讲究选择起幅和落幅。谁作起幅，谁作落幅，这要根据你表达的需要来决定。因为摄像画面是镜头的语言，不同镜头会产生各自不同的含义。各种不同的摇法，所表达的意思也是各异的。比如一般认为落幅是起幅的逻辑结论，而起幅是落幅的原因与开端。根据这样的思维关系，我们在组织起幅和落幅时要考虑到观众观看时的心理思维（图1）。

第五是考虑对象变化。拍摄这类反映两者之间内在联系的摇镜头，有时还须考虑到被摄对象表现状态的变化因素。有的对象可能因你拍摄而受到干扰，引起某些动作、表情等变化，那么这个对象就应当作为起

图1，摇摄的起幅与落幅之间要求产生一定的因果关系。舞台表演中的摇摄最为多见，以此可以灵活掌控各个人物的关系。

图2，在行进中的汽车中观察车窗外的景物是一种典型的移摄方式。

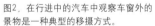

图3，移摄镜头可以和运动的主体产生一样的运动轨迹，使人感到主体运动时的状态和局部细节等。

图4，在现代拍摄中，结合电动摇臂等可以完成比较复杂的移摄运动过程。比如图中两组同时运动的物体平移。

图5，跟摄镜头常与运动物体保持相对运动的状态。如图，算是一种很极致的跟摄拍法。

图6，当跟摄镜头尾随主体前进时，会造成很明显的主观镜头。

幅，先对这个对象进行拍摄，这一般是基于拍摄者的社会观察和经验。

## 5.4 移摄镜头

移镜头是指摄像机做无轴心运动进行拍摄的方法，一边移动机位一边拍摄。所摄画面能产生特别的空间立体效果。移镜头可分为平移、升降、进退等。

平移可以从左向右，也可以从右向左；升降是由下而上或由上而下的移动拍摄；进退也可视为推、拉拍摄的一种变形手法，还可以斜向移摄等等。一般我们拍摄的移镜头由起幅、运动（移）、落幅这三个部分组成。

● 表现形式

移摄镜头的存在有着以下几个具体方面。首先是移镜头存在的依据。移摄镜头是我们日常生活的视觉化体验。比如在行进的车辆中观看窗外的景物、在行走中观察街边的橱窗等；移摄镜头还是心理活动的体验。运动画面使影像整体产生动感，而动感的影像画面与节奏会使观者的情绪受到影响，表现出浓厚的感情因素（图2）。

当移镜头采用不同的运动方向时，它会产生画面内容和结构上的相应变化。移镜头的优势，在于对复杂空间的表现上具有一定的完整性和连贯性，在不切换画面的情况下，能对空间景物进行立体化的描绘。因此，移镜头拓展了画面的视觉空间，解放了拍摄时物理空间的限制，突破了画框的约束并对视觉的空间透视产生一定变化。它可以有助于表现复杂场景，并使画面产生恢弘的气势。

当移镜头被用于和被摄主体产生同样的运动轨迹时，可以表现出主体运动中的姿态和局部细节；也可以与被摄主体运动轨迹发生参照关系，反映主体的活动范围和路径。这里有一个十分著名的例子，在电影《地道战》中有很多场景是从屋里到屋外，或是从墙角到屋顶。拍摄者在这其中运用了大量的移摄镜头，常常表现出民兵战士灵活矫健的身形和机灵多变的战术。可以细细体会，认真揣摩，这样的画面即使在今天的环境下仍然堪称经典（图3）。

当然移镜头以其特殊表现形式，引导观众视线，吸引其注意力等作用，还可以产生相应的画面情绪节奏。影响观众最后的观看心理，如上文提的《地道战》中的移摄镜头，我们能体会到中国军兵的机智勇敢和敌人的愚昧迟钝，这在当时的宣传环境下达到了艺术和形象的双重收获。

● 具体操作

在拍摄移摄镜头时，首先要观察并确定要作移摄的景物，设计移摄的方向和路线。通过试拍的形式，将取景、

移摄镜头可以展现环境中的层次，表现空间纵向的延伸关系。

构图、聚焦等技术问题实验一遍；其次，在移的过程中要保持构图的正确，并做到跟踪和落实聚焦；最后进行实际拍摄，通常我们需要起幅2~3秒，然后缓慢进行移动，最后落幅需要1~2秒时间，根据实际情况还可以适当延长。

在拍摄移动镜头时，还要结合以下几点：

第一是移摄镜头可以展示景物的层次。移镜头可以表现人物的空间关系，展示景物的层次，尤其是场景中丰富的细节和纹理。在运动物体上拍摄是我们最为常见的移摄法之一，比如在开启的汽车中。通常我们会在路上看到新人婚礼时随车的摄像师会探出身体进行车队的跟摄，这就可以理解为典型的移摄镜头。此时，可以将主车、跟车、随车等各种车辆进行完整的展示。

当使用上升的移摄镜头时，可以产生更上一层楼的心理感觉。这个方法如果运用得当，能形成非常漂亮的空间透视感，常用于表现场面的规模和宏大气势。比如影片《拯救大兵瑞恩》中当美军夺取海滩准备向内陆延伸时，导演从人物展开，使用了一个上升镜头，此时可以看到海滩上旌旗招展，美军遍布在海滩之上。毫无疑问，这是一次成功的战役结束。

第二是移摄镜头可以表现拍摄者的主观感受。移镜头可用来表现运动人物的主观感受，充当主观镜头的应用。比如拍摄主人公行走时，就可安排一组移摄镜头。摄像机以主人公的视点作机位并模仿他行走的动作，一边移动前进一边拍摄，表示这时摄像机代替主人公身体的位置，行走在马路或各种场景中。如果这个镜头略微有晃动或模糊，还能更加显得真实和具有现场感。我们可以常在警探系列作品中，用以表现罪犯的落荒而走或是警察破门而入瞬间的急切心理等。

第三是移摄镜头的运用必须慎重。当我们运用移镜头时，必须有充分的道理。除内容表达的需要而非移摄不可的，一般应尽量少用或选择使用。某些初学摄像者经常毫无理由忽然想到就随随便便地移动起来，是非常要不得的情况。特别是拍摄移镜头时必须注意一定的安全，尤其是往后退步走动移摄时更应十分小心，一定要留意身后有无障碍。如果有可能，最好能多人合作或是预先看好路径，以免造成不必要的意外（图4）。

## 5.5 跟摄镜头

跟镜头是指摄像机跟随被摄主体一起运动，表现主体运动状态的一种拍摄方法。跟镜头是对于运动中的主体而言，镜头随人物的运动作相应的跟踪拍摄。

跟镜头的运动方式可以是摇，也可以是移，即摇跟或移跟。摄像的跟镜头与摄影中的追随法技巧相通，主体人物在画面中相对地静止，背景产生流动感，主体与背景产生快慢或静止、运动的对比。

使用跟摄镜头时，斯坦尼康是一个很好的辅助设备。

● 表现形式

跟摄镜头的主要特征是，首先是运动主体的明确性。跟镜头有着明确的运动主体，无论单个或多个，摄像机都要与主体保持相对的运动趋势，同时也要包括景别的相同变化，从而使被摄主体在画面中处于相对稳定的位置（图5）。

由于跟镜头画面中背景环境的变化十分明显，而主体呈现相对静止的状态，所以跟镜头可以让观众的视线被牢牢吸引住，还能看出主体与环境间的相互关系。这里注意跟的深层含义，跟是指跟摄住拍摄主体，而不是主体以外的背景或其他东西，所以主体的确定性是最重要的。

只要保证画面平稳，在没有其他器材的帮助下，手持也不失是个好办法。

对于一些从背后移摄的跟镜头，往往使观众的视点与画面主体人物的视点重合，带有很强的主观镜头的特征，所以可以表现出明显的现场感和参与感。这是跟摄镜头的一个长处，我们可以利用这种手法在纪实类的节目和影像中制作现场感，让观众从心理状态产生一种情景的认同和归属感（图6）。

● 具体操作

在拍摄跟摄镜头时，首先要对运动中的人物取景、构图、聚焦；同时要保持摄像机与运动主体相等或相近的速度同步运动；最后在拍摄过程中保持构图的美感并要注意焦点的变化，一边跟摄，一边对主体修正聚焦，保证主体和镜头之间始终处于完美的跟焦状态。

当然在拍摄跟摄镜头时，还要结合以下几点。第一跟摄可以表现相互的运动状态。我们常见的摇跟法一般可以表现运动的整个过程，如拍摄短跑运动员由起跑一直到终点冲刺的运动状态。

第二，跟摄可以进行等速运动拍摄。最简单可行而效果又好的移跟，是摄像师与被摄主体保持变化不大的一定距离、基本相等的运动速度来拍摄，如坐在车上拍摄马拉松长跑运动员的镜头。

摄像机与被摄主体在同一载体上拍摄，比如在旋转木马上拍摄儿童、在行进的车辆中拍摄对方车辆等。两者相对静止，背景持续流动，画面效果甚佳。

第三，跟摄可以进行镜头的综合运用。跟镜头可结合推或拉摄法成为综合运动镜头，可根据实际内容表达的要求而综合运用。靠摄像师脚步走动拍摄移跟镜头，最好由两人辅助协助完成，特别是在后退或是崎岖的地方，由于拍摄者全神贯注在主体拍摄，常常会不注意周围环境。这类事件并不鲜见，请各位拍摄者一定做好预防。

综合运动镜头是综合、立体地表现主体的一种拍摄方法。比如文艺演出中的拍摄。

综合运动镜头的拍摄表现的是事件的连续运动性，具有很强的真实感。

连续的综合运动镜头要注意镜头的先后运动方式。比如舞台拍摄时，镜头运动由上而下，可以介绍一个舞台的全貌。

## 5.6　综合运动镜头

综合运动镜头是指在一个较长时间的镜头中将推、拉、摇、移、跟等多种形式的拍摄手段，合理结合起来使用的一种拍摄方法。

综合运动镜头可以把几种运动摄法连接在一起，当镜头运动有先有后按其顺序时，可简称为连动法；当镜头运动同时同步紧密结合时，可简称为合动法。一般我们使用的综合运动镜头由起幅、综合运动、落幅这三个部分组成。

● 表现形式

综合运动镜头的拍摄可以比较立体地反映主体。通常我们在使用综合镜头时，包括摄像机机位、镜头焦距和镜头光轴三者的变化，综合运动镜头的优势是展示出复杂的视觉效果，甚至可以表现极其复杂的空间环境特征。

同时，综合运动镜头有着丰富的画面内涵。它可以在连续不断的画面时空里表现不同的情节和动作，形成多结构的画面关系。由于画面结构多元，增加了画面容量，为拍摄者多种意图的表达提供了可能。

此外，综合运动镜头可以使叙事结构完整。通常在表现出较长的时间特征和动作连续性事件时，为了保证叙事结构的完整，我们会使用一定的综合运动镜头来体现画面的现场感。其实，这是在某种程度上模仿人日常生活的情况，一个人在实际生活中是左顾右盼和前后变化的，而这正是综合运动镜头的实际基础。

最后它可以使我们观看的画面节奏流畅。此类镜头的连贯性画面具有一定的韵律感，更具音乐旋律的表现优势，能引发观众的审美感受。

综合运动镜头的运动不是任意运动，而是有规律的介绍。因此，拍摄前的良好准备必不可少。

● 具体操作

在进行综合运动拍摄时，首先要观察被摄景物，根据主题表达的需要来确定综合运动镜头的拍摄路径。可以先做镜头的试运动，留心运动的速度要适当，不要过快过慢并观察构图效果，特别是落幅时要美观大方。同时在拍摄过程中要时刻注意焦点的变化，以便在正式拍摄中及时修正。最后是在正式拍摄综合运动镜头时，一般说来起幅需要2~3秒，然后是进行综合运动的过程，落幅需要1~2秒时间，根据实际情况还可以适当延长。

在拍摄复杂的综合运动镜头时，还要结合以下几点：

第一是运动顺序要清楚。连续式的综合运动镜头，镜头运动的先后顺序要清楚，不然会造成观众的前后错误和逻辑理解错误。

第二是运动层次要分明。合动式的综合运动镜头，镜头同步运动的层次要分明，不可忽上忽下，如此造成镜头中主体与背景的比例失调等。

第三是及时变换姿势拍摄。运用不同的拍摄姿势完成综合运动镜头后，可以最后升高视点，达到观察全貌的效果。

## 5.7 场面调度

在拍摄各类运动镜头时，我们要时刻注意镜头前主体的运动及其运动规律，同时注意各个主体间的运动关系，以此来合理安排、调度好镜头的运动方式，达到有序、真实、惬意的视觉效果。这个过程我们用场面调度来予以整体概括。

场面调度一词从字面上来看，即是指场景中的各种物体与摄影机之间的运动关系。注意这里场景中的物体，指的是人、物体、景物、背景等等所有的一切物质，它们按照某个特定的故事或情节展开、发生和结束的过程。因此，我们说的这些运动既有绝对运动，比如摄影机和固定家具之间的运动关系；也有相对运动，比如摄影机和移动主体间的运动关系等。

场面调度是编导在拍摄前，对拍摄的各个细节作统一、详细的布置。如图，可以发现明显的人为效果。

追溯起来，场面调度这个词最早出现在法国戏剧表演中，意为舞台上的布位。单从这个解释来看，我们就可以清楚地了解到场面调度的实际含义。导演或现场指导对舞台上可以动用的一切视觉物体进行合理地搭配与安排，这个过程包括了舞台的各种布景和小物件，也包括舞台上的人物站位，同时还包括各种道具与人之间的

场面调度最早是指舞台演出时戏剧人物的站位。

场面调度说到底就是镜头的运动安排，但是这牵涉到拍摄的预演和安排。

走位、定型等细节。总之这是一个多维的、符合剧情发展的与现实生活模拟的活动过程。它的最大目的是通过人工的组合，使观众确信地以为自己身处在现实中，并获得在戏剧中的真实感。

由于电影和戏剧有着天然的联系，所以早期电影拍摄时就引入了戏剧里有关场面调度的观念，而且深深影响到了以后的各类电影制作以及动态视频的发展。其实我们仔细回想一下各类电视栏目和画面，由于我们对场面调度已经习以为常，所以总觉得出镜的主持人或是某个新闻节目画面是如此自然。但是如果你到达拍摄现场，就会发现主持人和摄像师之间的走步与定位有着多么微妙的精确。

电影中的场面调度是导演或美术师等各种工作人员精心安排的结果。越是复杂的场面调度，越是能体现动态视频的优势，同时结合各种镜头的俯仰跟随，会让观者在某一刻恍惚于真实和虚幻之间。著名导演希区柯克的各类影片就有着十分杰出的场面安排，后人常将他的电影作品作为教学范例来学习，我们也可以多看一些类似的影片来深刻理解如何做到场面调度的合理与精湛。

当然在平时的拍摄中，我们无法也不需要做到电影方式般的场面调度，但是一定需要结合上文所说的各类运动镜头，对自己拍摄中的人、物、景这三者之间做到搭配合理、前后有序、符合逻辑、视觉自然的效果。拍摄者需要和编导以及主播在拍摄之前，反复演示和走步，做到实际拍摄中的万无一失。

我们在此引入场面调度的理念就是希望拍摄者站在一个更高的位置，以掌控全局的观念来对运动镜头做一个更深的理解和诠释。运动镜头不是为了动而动，它的每一步运动都是符合人的视觉规律和常识的，如果违背这个基本原则，我们拍摄的画面无疑是混乱不堪的，也是难以获得视觉逻辑的。

**? 思考与练习**

1. 了解并掌握推、拉、摇、移、跟这五种基本的动态镜头拍摄方法。
2. 理解综合运动镜头的原理及其在实践中的拍摄作用。
3. 学会场面调度的方法、原则与镜头运动之间的关系。

# Chapter 6

# 第六章 固定镜头的拍摄

　　摄像机的光学镜头是人眼的延伸。在生活中我们用眼观察事物一般采用两种形式：一种是一目十行的扫视，另一种是目不转睛的凝视。于是在各类摄像表现中就有了两种相应的镜头表达，即运动镜头和固定镜头。

　　在上一章中，我们比较详细地讲述了运动镜头的分类和特点。由于人眼观察采用动态模式，所以理解和运用运动镜头相对来说比较自如；而对于固定镜头来说，由于固定的模式和镜头焦距等束缚，初学者会产生一定的不适，这需要在实践拍摄中不断地克服。从后期剪辑的方便来说，固定镜头反而要优于运动镜头的表现。下面我们将详细述之。

　　一般来说，固定镜头是指摄像机镜头框架处于静止状态时所呈现出的画面。换言之，就是在固定机位，包括拍摄距离、镜头角度、镜头焦距等诸项元素不变的情况下所拍摄的摄像画面。

## 6.1 固定镜头的特点

　　我们对固定镜头的认识来自于对画面组接时的逻辑判断，由于在画面前后连接中固定镜头可以比较多样化地组合，所以受到早期拍摄者的一致青睐。从对后期剪辑中得出的经验，人们重新对固定镜头有了更深的认识和体会，也反过来对一开始拍摄时的固定镜头作出了新的安排。以下我们对固定镜头的特性进行了一些总结。

　　如果从拍摄者的角度来看固定镜头，它主要有这样三个显著的特点。

　　首先固定镜头具有静态性。固定镜头所呈现出的画面空间范围稳定不变，和普通运动镜头有着十分明显的区别标志。严格地说除了我们使用的固定镜头以外，其他所有的画面镜头全都是运动镜头。固定镜头的框架具有静止性，也就是绝对静止感，它为画面内部的物体

固定镜头是早期电影从戏剧中直接借鉴而来的一种拍摄手法，具有很强的戏剧感。

固定镜头具有方向性，这也决定了观众可以较为平静而专注地观看画面中的内容。

固定镜头具有叙事性，突出被摄主体的运动轨迹，使得观众可以更好地理解画面的表现内容。

位置提供了参考依据，从而使画面中的静态物体显得更加安静，而动态物体则显得更具动感。

其次固定镜头具有方向性。由于固定镜头画框固定，摄像机光轴和镜头焦距是静止的，表现出明确的方向性，因此观众得以平静专注地观看画面。所以，摄像师常用它作为场景的关系镜头，用来表达物体的站位，让观者获得相对的空间逻辑关系。

最后是固定镜头具有叙事性。固定镜头排除了镜头运动所造成画面外部节奏和视觉情绪，突出被摄主体的运动，观众可以更明晰地看清主体的动作和运动。因此，固定镜头让观众能更有效地理解画面的空间特征，观众对画面内容的观察得到合乎视觉逻辑的心理感受，并对故事情节的叙述发展作出理性化的联想。

从这一点来说，固定镜头要远超于运动镜头，固定镜头的固执使得初学者在起初使用时十分不习惯。因为从常理来说，人眼是活动的，当然我们也希望看见活动的画面。但是从拍摄自身的特性而言，则是固定镜头的益处多于运动镜头，初学者可以在此中细细体味。比如台湾电影导演蔡明亮就是近年来善用和多用固定镜头的杰出代表，初学者可以在他的影片中了解到很多固定镜头的特性，也可以借鉴为自己的拍摄服务。

因此，固定镜头形成了静态构图的造型特征，也产生了迥异于其他镜头的独特美学意义。从观众接受心理来说，固定镜头使观众保持平静稳定的心理状态，为观众创造了保证能够正常观看的前提条件，从而提高了信息传播的效率。另外，固定镜头的特性和作用还决定了它在影像制作中具有重要地位，任何类型影像节目中，可以没有运动镜头，但是固定镜头不可或缺。我们要在拍摄中善拍固定镜头和善用固定镜头，并不断地参与后期剪辑和制作中。从整部影片的高度来理解镜头的特性，从而促使我们对拍摄有着更全面地掌握。

固定镜头强化的是画面内部的运动，表现画面的客观性，具有绘画的装饰作用。

## 6.2　固定镜头的表达

　　固定镜头是以静止的画框来表达镜头内的物体，这些物体可以是静止的，也可以是运动的，还可以是动静结合的，这就使得固定镜头可以同时应付各种不同的场景需要。最重要的是人们从动态电影开始的那天起就学会了使用固定镜头，比如由卢米埃尔兄弟所拍的人类第一批影片《工厂大门》、《火车进站》等均是无一例外地使用了固定镜头。

人类的第一批活动影像均是利用固定镜头完成拍摄的。图为《工厂大门》的画面。

● 静中有动

　　固定镜头的视觉效果仿佛在凝目某一事物，这与我们日常生活中静止观看的视觉习惯是一致的。有人以为固定镜头拍摄的画面都是静止的，这是一种误解。虽然固定镜头画框处于静止状态，画面没有外部运动，但是可以通过画面内部拍摄对象的活动来表现多变的内容。比如我们在拍摄一台戏剧或是京剧演出，拍摄者将镜头固定在整个舞台全貌，舞台中演员的挪步转移就是相对固定镜头的运动和调配。

　　固定镜头完全可以在静中有动，更可以在静中见动。固定镜头的动是表现画面内部的人物或物体的运动。比如，用固定镜头拍摄两个物体对峙，画框虽然纹丝不动，但画面中的运动却十分真切。这种画面其实在动画片段中十分常见，由于动画需要靠人工合成，不停改换场景等于增加工作难度。因此常在一个场景中，即固定镜头中表达两者间的运动过程，以此来增加戏剧效果。

固定镜头中，内部物体的运动代替了镜头的运动。图为《火车进站》的画面。

● 以静支动

　　固定镜头拍摄的画面场景范围不发生变化，而其中的人或物在活动。简而言之，画框是相对固定而不动的。唯其如此方能见动，这才符合人们眼睛观看事物的基本要求。

　　人们在运动时很难对某事物作详尽地观察，只有在静止状态下才能做到仔细辨别。比如，天空中放飞的风筝，我们往往需要停下脚步来仔细端详，这样才能集中注意力看清它的花纹和外貌。又比如，你拿了望远镜看公园里的海豚表演，你肯定会举起望远镜，然后定睛观瞧。如果四下扫来扫去，那可能是一无所获的。假如你还一边走一边观看，那管保你晕头转向、茫然一片。

　　所以，使用固定镜头来支配动态是人眼生理功能的需要，人的大脑接收特性决定了过于运动的镜头其实无法表现出一个细节和关键。其实很多混乱的场景是导演们反其道而行之的结果，打乱镜头、连续运动、镜头碎片化就能使一个平静的场景顿时混乱起来。拍摄者可以结合这些特点，在平时使用中化弊为利。

固定镜头可以吸引观众注意力长时间地集中在某一特定物体上，比如篮球拍摄时双方球员的站位情况。

通过固定的画框边界可以更好地突显内部物体的运动感。注意边框与画面中运动人物的相互关系。

在静态镜头中制作动感需要拍摄者把拍摄的重点放在画面内部的主体上。如图，我们可以预想演员的下一个动作是咬鸡蛋。

《请您欣赏》中有很多使用固定镜头制作动感的好例子。如图，我们能感受到云烟缭绕的气息。

很多初学者刚刚拍摄时常常会不自觉地运动镜头，从而造成画面的凌乱不堪。

● 因静显动

正由于固定镜头画框不动，规范了视野范围，有框架边沿作参照，因其静态而突显其动态，所以更能表现出画面内部物体的运动状态。

固定镜头不动的画框给观众提供了稳定观看的基本条件，保证了观众在生理和心理上得以顺利接受画面传达的信息，因而运动状态的最终表现效果则更好。固定镜头还可通过画面的组接方式产生观众的视觉心理活动，将视觉与人物感情紧密结合在了一起。

● 为静造动

为静造动的意思是为静态画框里的拍摄内容制造出动感来。影像画面表现动态的人物，假如拍摄的对象是静止的，有人说用固定镜头拍岂不成了静态图片，那就非得镜头产生运动吗？

其实这样的例子比比皆是，我们都不曾注意电视中穿插的《请您欣赏》节目，很多时候由于时间配比的需要，电视播出时会以一些风光欣赏作为补充。在这其中比如拍摄黄山的云海，拍摄者就使用了固定镜头来表现黄山云海的恣意喷薄和气韵连绵的动感。还有比如拍摄泰山和张家界的云海等，我们可以在平时里多留意这些细小和被我们忽视的画面，这常常会给我们许多不一样的启发。

## 6.3　固定镜头的误区

固定镜头由于它的表现特点和重要作用而被摄像师们广泛使用，在各类影像中占据了重要地位。可是仍有不少人，尤其是初学者往往掌握不了固定镜头的特性，他们在拍摄各种镜头画面时，常常情不自禁地出现镜头的偏移。这种现象在刚刚接触拍摄的人手中比较普遍，即使很多有经验的摄像师也在所难免，我们结合各种经验大致将常见的误区总结如下。

首先是茫然无知的状态。这种现象在初学摄像的朋友中特别突出，他们一拿起摄录机就想着动，手也会不知不觉地动起来。镜头一会推进去一会拉出来，来来回回动不停，不知所措。大概心想照相机动不得，这摄像机还不让动吗？也可能由于不懂得镜头该多固定的道理，自己也没细想过。

其次是情不自禁的状态。有的拍摄者倒是知道镜头应尽可能多固定，可是也许已经习惯成自然，处于不自觉的状态。有时心里实在憋不住，手上便会失去控制。时不时推一些、拉一些，幅度又并不大，好像犹豫不决；或者微微动那么一小点，又不敢多动，拿不定主意，拍的画面就像浮标随波起伏。

最后是固执己见的状态。也有些拍摄者对固定镜头颇为不屑，认为摄像机比照相机的优越之处，正是在于镜头能任意运动。如果镜头一旦固定了，岂不丢失了优势。所以他们觉得镜头动起来才好，还嘲笑别人固定镜头的拘泥。于是他几乎每个镜头都在动，莫名其妙推拉摇移，漫无目的、东张西望没个停。心血来潮随心所欲地想动就动，其实拍出来的画面回到电脑中几乎无一可用。

因为他们所拍的片段大部分是运动镜头，总是没有固定镜头，并且每个镜头都缺少停歇，所以画面杂乱无章。这种画面的弊病几乎成为了顽症，让观众看得眼睛疲惫不堪，甚至头晕目眩。其实很多玩过3D游戏的朋友都有过这样的感受，有人还将此戏称为3D晕眩症。假如电视出现这样的状况，岂不是让人无法享受了。

有很多导演始终用固定镜头拍摄影片，做到了一种极致。图为《东京物语》中的固定镜头的示例。

在此，我们有一个很简单的办法。大家可以在手边就试着做一下，打开电视后将所有声音消除。你可以仔细地分辨一下是固定的多还是运动的多？如果我们对照一下并且认真地细想之后，就能深刻地来理解固定与运动的关系。

其实，固定镜头给人以稳定的视觉效果，是应用最广泛的镜头形式。在电视作品中使用频率最高的正是固定镜头，它的大量使用是影片成功的基本条件。请静下心来，努力控制住自己的手，务必采用固定镜头来拍摄素材。

很多时候即使一个老道的摄像师也会情不自禁地运动几下镜头，所以补充一个特写镜头算是应急之措。

## 6.4　固定镜头的要领

固定镜头看似简单，却是初学摄像的朋友最常犯的错误。就是由于不懂得运用固定镜头，因而往往造成整个影像的失败。多采用固定镜头拍摄可以说是摄像技艺的一个公开的秘诀，它是作品成功的一个必要条件。

● 具体操作

固定镜头的基本操作步骤是：首先是选择合适的机位，确定拍摄时摄像机的视点位置接下来进行一定的取景、构图。当准确获取画面后，要进行精确的聚焦最后选择合适的拍摄时机，同时掌握镜头的时间长度，适时地切换镜头。在允许的情况下，可以多拍一点，为后期的制作提供便利。

当然对于使用固定镜头也有一些基本要求，在这之前它总的拍摄要求是实现画面的稳、平、实、美。其他分述如下：

第一是保持画面稳定。拍摄操作必须持稳摄像机，确保实现画面稳定，凡有条件的尽可能使用三脚架或采用其他固定机身的拍摄方式。

固定镜头的第一要务是尽可能地使用三脚架。

在保证稳定的情况下，也要保证构图的完美、协调。《卧虎藏龙》中的固定镜头几乎就是一张张精美的照片。

比如拍摄烟火绽放时，使用固定镜头常常会取得良好的效果。

第二是采取宁晃勿抖的办法。如果徒手持机拍摄，万一稳不住，请记牢宁晃勿抖。当然良好的情况下，既要保持不抖，也要保持不晃。

第三是要构图美观。正确的构图，做到景别有致、构图平整，具有规范的形式美。

第四是焦点核实。由于采用固定镜头，只有精确地聚焦，确保焦点聚实才能展现固定镜头的优势。如不及运动镜头的准确，那会使人大失所望。

第五是曝光准确。根据各种拍摄意图，正确地控制曝光。可事前通过监视器和测光系统，对所摄的画面作一个预摄，达到合理的曝光要求。

● 注意事项

在拍摄固定镜头时请记住一条拍摄要诀：你动我不动，不动让你动；你若动不了，我也不轻动。也许对初学拍摄的爱好者在实际运用中有所帮助，大家可在实践中多加体会，细心领受。

你动我不动。被摄物体在运动，镜头就固定不动，看它怎么动。只有停下来，才能仔细看。事实上拍摄的内容通常都是运动的，采用固定镜头拍摄，一般说来画面效果比较好，而且整体状态也比较受拍摄者控制。

不动让你动。被摄物体不动，有时我们可以想法子故意让静止物体动起来。比如拍摄花卉，我们可以人为地对花扇风，造成花朵被微风吹动的效果；拍摄气球、风铃或其他小摆件，可先摇动它，而后拍摄；又如，转动转盘，使宴席台上的菜肴旋转，以固定镜头拍摄交代。一盘一盘菜肴，如同走马灯一般亮相，画面效果也会饶有趣味。

你若动不了，我也不轻动。如果被摄物体不可能被迫地动起来时，比如城市雕塑、建筑物或室内家具、壁画、照片等，那么，可以用运动镜头拍摄，也可以通过不同景别的固定镜头切换组接产生动感来表现。

总而言之，摄像尽可能多用固定镜头，少用运动镜头。最后用一句似乎极端的话来总结，宁可全是固定镜头，也不要轻易使用运动镜头。假如一条影像片全都由固定镜头组合完成，其中没有一个运动镜头，这条片子也许未必有啥不妥，而且剪辑起来还自然流畅；反之，如果镜头全在运动而无停歇，显然这些素材只能观看而无法组接，更不用提进行有效地剪辑和后期制作。

MARVEL, SPIDER-MAN, DOCTOR OCTOPUS and all MARVEL character names and distinctive likenesses thereof: ™ & © 2004 Marvel Characters, Inc. All Rights Reserved. MARVEL and SPIDER-MAN: Trademarks registered in the USA and certain other countries. © 2004 Sony Pictures Digital Inc. All rights reserved.

影片《蜘蛛侠》中使用了很多固定镜头描写了主人公在城市建筑中的腾跃。

**? 思考与练习**

1. 固定镜头是动态影像的视觉基础。

2. 学会使用和拍摄固定镜头，能够通过固定镜头的表达来完成影像的拍摄。

3. 在实践拍摄中能够运用固定镜头的拍摄方法和画面技巧。

Chapter 7

# 第七章 镜头的语言表达

在前几节中我们讲述了光学镜头的特性和作用。从这节开始，我们讲述镜头的另一层含义，即镜头的画面功能和意义。应该说，这里所指的镜头概念是我们使用影像来表达的最基本的语言单位。

我们一再强调学习摄像要学会用镜头讲话，镜头是用来表达影像内容结构基础的，正如整篇文章中的字、词或句子一样。我们说话写文章讲究语言技巧，注重谴词造句布局谋篇等。影视作品就是用镜头说话，同样也讲究语言，但是这种语言是镜头语言。和文字相比，镜头语言具有自身独特的形象化优势，它更直观、生动。

镜头语言有多种形式，各自有其独特的表达作用和方式。对于镜头语言的划分归类说法很多，也较难统一成严格的分类标准：

从视点来看，我们可以把镜头分为客观镜头和主观镜头。

从它在影像创作中的作用来看，我们可以把镜头分为叙述镜头和抒情镜头。

另外对它的划分称谓也大不一致，有人把叙述镜头又分为交代镜头、动作镜头。

有把交代镜头称为关系镜头、主镜头、定位镜头。

有把动作镜头细化为描写镜头、事件镜头和反应镜头。

还有把空镜头称为抒情镜头等等。

上述对镜头的不同称法都是基于各自的出发点来对镜头语言的一种归类和研究。我们在此不进行复杂的本体化深入，但对大家所共知的并且对大家所熟悉的镜头语言作一番有目的的探讨。本章将对客观镜头、主观镜头、反应镜头和空镜头作简要介绍，并且运用实例进行一定的剖析。

掌握镜头语言乃是影像创作最根本的要旨，摄像师必须永远牢记用镜头说话的原则。仔细体味、认真实践，才能真正地拍好和用好镜头画面，为创作优秀的影像作品打下坚实的基础。

## 7.1 客观镜头

画面内一切造型元素的组合和表现均由镜头确定。从空间位置上分析，镜头确定了摄像机在空间的视点，从这个视点表达并再现现实。镜头由此视点来表现被摄主体在空间的位置、主体与其他物体之间的联系。从表现人物方面分析，镜头形成了与人物的对应交流和形象展示等。

从摄像画面空间位置的视觉意义上理解，镜头代表三个不同的视点：

首先，镜头代表摄像师的视点。镜头是摄像师观察世界、表现情绪的工具，并通过镜头对观众的视线进行调度和引导。其次，镜头代表观众的视点。观众的视线随镜头而运动，摄像师必须考虑尽可能表现观众所最期望看到的内容。此外，镜头可以代表画面中人物的主观视点或者完全客观的视点。

由于上述原因，从拍摄视点的不同形成了客观镜头和主观镜头之分。

客观镜头是指拍摄者代替观众的角度，以客观、中立的视角去观察被摄主体。

● 表现形式

客观镜头表达的是无偏见的、完全客观的视点下所观察到的事物，而摄像师的视点则隐藏在客观视点之中。客观镜头应尽可能客观地叙述主体的活动和事件本身，而不加入任何拍摄者的主观意愿。

但是，事实上几乎不大可能存在纯粹客观的表现形式。诸如拍摄角度、距离、镜头焦距、景别大小、画面构图、透视效果等都影响着所表现的内容的客观性，甚至于画面往往还带有摄像师明显的情感倾向因素。所以，我们所说的客观镜头是似乎客观的观念，因为带有初看上去是客观的或是略看上去是客观的等等。其实在整个电影发展中，人们使用这种似乎虚拟的客观镜头拍摄出很多影片来。比如有关莫斯科红场阅兵的此类记录片，其实具有很强的政治与军事倾向，但在表现手法上观众多以事实、客观来加以评价的。

那么对于客观镜头来说，它还具有以下两个显著的方面。

第一是描述性。摄像画面以其直观的可视性，具有明显的描述性特征。我们应当努力掌握影像画面形象、活泼的表现形式和镜头语言的表达方法，发挥其特有的艺术表现能力进行艺术创作（图1）。

客观镜头是摄像师借助手中的摄像机把他看到的客观现实记录下来并呈现到观众面前。这个记录不是监视器式的记录，同样这个呈现也决非冗长地照搬。摄像师以自己对客观事物的解读，把他的认识渗透到拍摄的镜头中，因而镜头具有鲜明的描述作用。比如，拍摄的人物有不同景别，近景与全景的镜头描述作用是有明显差异的，两者镜头语言表达效果是不同的。

第二是表现性。表现主体运动，空间位置关系和主体运动是镜头的主要表现内容。画面空间的运动也是摄像师十分有力的表现手法之一。正是摄像机对现实生活中运动的表现或对虚拟现实中运动的创造，使摄像画面具有较强的吸引力。对动作的重现和创造是电视艺术的主要任务，没有摄像机对运动的表现，也就没有作为一门独特艺术的电视（图2）。

在运动中表现主体。画面不仅能够表现物体的运动，还可以在运动中表现物体，观众得以多角度全方位地获取画面信息。因此，画面对主体的描述详尽全面，画面结构呈现多元化，就会使画面描述性的表现作用显得更突出。画面的描述性特征使观众不仅看到所呈现的图像，而且能够感受到画面情绪的存在，或者产生某种心理期待。摄像师应当掌握表现运动的规律，通过空间位置表现主体形象，用以塑造人物并描述内心世界。

● 具体操作

客观镜头应用得最为广泛。如果严格地说，几乎我们拍摄的所有镜头都是客观镜头。只是由于观众在观看时心理因素的主导，人为地区分出了主观和客观的差异。

这和我们本来的想法有一定距离，我们常以为镜头由人来主导拍摄，应该就是主观镜头。但是人们对于动态理解时却常认为这是个客观的呈现，这与人接受视觉的心理有着很大关系。非亲身于现场的二手式的观看，人们常会先存疑视为客体，而后再纳入自己的主观判断。大家可在此基础上细心感受一下不同，继而更好地投入实践拍摄（图3）。

所以，我们在实际运用时，客观镜头要求围绕中心、突出主题，对所要介绍的事物作多角度、全方位地观察。从不同角度、不同景别拍摄，向观众叙述正在发生的事情。可以说，客观镜头是影像片叙述事件普遍采用的基本手段。

在实际使用时，我们要注意各种不同客观镜头的应用。第一是介绍的客观镜头，也称为关系镜头、主镜头、定位镜头等。介绍镜头通常以全景为主。它的作用主要在于交代场景中主体的空间位置、物体之间的关系、人物的运动方位及运动轨迹，并交代事件发生的时间、地点和环境等。

介绍镜头一般是场景段落的第一个镜头或最后一个镜头。它可以造成视觉舒缓、停顿和节奏间歇，具有抒情表意功能；也可以作为场景或剪辑中的转换镜头等。

第二是动作镜头，也称做描写镜头、事件镜头或叙事镜头。动作镜头的作用是表现人物形体、表情和运动状态，介绍人物语言及其交流和人物关系、相互间反应等。一般理解，动作镜头应当具有视觉上的可看性。通常它也是影像的主要拍摄镜头，占镜头总数的绝大多数，是叙事重点和视觉核心（图4）。

因此，动作镜头是整部影像片的结构主体。换句话说，影像片主要是靠动作镜头支撑起来的，它是影像叙述人物事件广泛运用的最基础的表现形式。我们可以做这样类比化的理解，动作镜头就像是我们在行文中的叙述和故事描写，是我们各类文字的主体，唯有通过说清一件事情，才能通过故事表情达意、立论反驳（图5）。

图1，一般来说，客观镜头的描述性是它的基本特性。图中是《美丽人生》中各种客观镜头的集合。

图2，客观镜头还具有表现的特性，主要是表现镜头内主体的运动趋势和方式。

图3，拍摄距离是影响镜头客观效果的直接因素，大场景远距离的拍摄和小场景近距离拍摄的心理状态是不尽相同的。

图4，客观镜头还可以用于动作展现，以此来强化主体的运动状态。

图5，客观镜头在实际使用中可以介绍相互关系，用以确定影片的逻辑思路。

## 7.2 主观镜头

主观镜头是影视镜头语言形式的一种特殊形式，它表现的是故事或情节中人物所观察到的事物及其主观感受，是以人物为视点所形成的人景物、光影色的画面。直白地说就是一句话：镜头里的人或动物看见了什么。由于主观镜头是在某个特定情境中展现的，所以大量使用的主观镜头其实无法让观众获得任何思维上的理解，这是主观镜头的一个重要特点。

主观镜头是使观众产生一种自己作为影片内主体的视觉心理。

● 表现形式

影视靠镜头说话讲故事，镜头画面是编导手里的素材，在叙述故事和表现情感方面，影视艺术中的主观镜头具有独特的优势。就拿戏剧来说，人物在台上表演，观众在台下所看到的这个舞台空间就是已经假定的客观空间，同时也是我们所说的客观镜头。故事介绍戏中人物看到的是什么，观众就难以完全搞清楚，尤其是具体细节怎么办呢？只有靠这个人物自己的道白向观众作说明。这不免让人感觉不习惯，似乎有点儿怪怪的。而对于影视来说，只要切入一个主观镜头便可一目了然。

主观镜头代表画面中人物的主观视点，画面所显示的，正是人物所看到的内容。观众在解读时，将人物的情绪与自己的感受自然地联系到一起。主观镜头用于表现人物的亲身感受，带有强烈的主观性和鲜明的主观感情色彩。

摄像师通过主观镜头把人物的主观印象让

如图我们似乎感到了一种被枪指着的心理压迫。这是演员、拍摄角度、光线等综合因素的心理效果。

观众看，使观众同画面中的人物一同去观察、去感受，产生身临其境的艺术效果。主观镜头能丰富镜头形式，加强作品的表现力，有时主观镜头有赞美、歌颂等作用。

因此，主观镜头是发挥影视艺术特点、彰显镜头优势的一种手段，用摄像机通过人物的眼睛把相关情景直观地展示在观众面前。主观镜头的语言效果鲜明生动，对于描述故事情节、情感具有特别的功用。特别是当我们使用了主观镜头后，有着很强的说服力和论辩力。相比客观镜头来说，观点性更强，所以有时候也要谨慎地使用。

在实际运用时，以主体人物的视点来观察周围的事物。摄像机必须以画面中人物的位置为视点拍摄，摄像机镜头就替代着主体人物的眼睛。主观镜头要与画面内容联系，起到推动情节发展的作用。主观镜头有时可表现出画面中人物在特殊情况下的精神状态，如视线模糊、摇摆不定或人物的想象或幻觉等。应当懂得合理地拍摄一些主观镜头，更重

将人物的身体与镜头画面结合是体现出比较简单的主观镜头的方法之一。

要的是要学会发现并设计作为主观镜头的拍摄内容。

主观镜头应用广泛，几乎在任何一部影像片中都可看到，大家应注意欣赏并借鉴，不妨也主动尝试一番。主观镜头是借眼睛说事，实质是用观点来写文章，看点主要是在想法。

● 具体操作

下面我们通过各种形式，对主观镜头的具体拍摄作一个简单的介绍。希望以此抛砖引玉，启发大家来使用主观镜头。因为主观镜头的表现方式有多种，所以应根据故事情节恰当地进行设计。这决不是形式上单纯的技术活，重在内容上的需要。既要符合人物情节本身，又要满足作者叙述的要求，还要合乎观众解读的逻辑思维方式。

第一是如何使用人物与主观镜头结合的画面。通常情况下主观镜头与人物镜头或前或后相继出现，组合起来叙述事件，这是最普遍的表现方式。这种表现方式最明显的好处在于，来龙去脉交代得很清楚，叙述情节有条有理，观众看得十分明了。

第二是如何使用长镜头表达主观镜头。贾樟柯的作品《小武》在结尾有一个长约两分钟左右的长镜头，颇受人们关注。这里无意探讨这个镜头的思想内涵，仅试图分析这样的表现方式。有时候镜头未必非得切换，可以从人物直接摇摄到其所见事物，顺理成章也是一种主观镜头。

小武被铐在电线杆上，围观的人渐渐聚拢过来，小武一脸沮丧、手足无措地挠头遮挡。他瞟了一眼四周，坐立不安，然后蹲下。镜头摇向围观人群，仰摄。人们交头接耳指指点点悄声议论，不时有人加入来看热闹。叠化画面进入黑场。现场议论声依稀可闻。影片趋于结束。

此处，当小武蹲下仰望众人时，就呈现出了一个典型的主观镜头，用来表达自己的委屈、无辜、难过、羞赧等等诸多复杂的感情。其实这种方式在平时的电视外景栏目中也会经常使用，比如美食栏目中，主持人夸赞某个食物，摄像师顺势移到她的视点上观察食物，就立刻成为了一个主观镜头。

使用一定的长镜头也可以适当表达人物的主观情绪，比如《小武》中的结尾段落。

第三是如何单纯地使用好主观镜头。由于真实人物镜头拍起来比较麻烦，或者人物本身难以再现甚至不可能重现，而用主观镜头则方便自如，特别是摄制某些专题类影片时经常遇到，这时不妨索性省略人物镜头，单用主观镜头来表现。比如，央视的著名栏目《焦点访谈》介绍清明节的传统文化内涵，邀请著名作家冯骥才先生讲述清明寒食的来历。

当他说到清明起源于介子推不愿当官，背起老母逃往深山时，此时电视上出现的就是一个主观镜头：晃晃悠悠移动着的山间小道，拍摄者模仿人物边跑边拍。

此时使用这个镜头则完全可达到虚拟人物的目的，满足叙事的要求。试想这里若要拍人物镜头，还要找演员扮演古人，显然也是没这个必要；况且由演员表演做情景再现，在此类较为严肃的节目中分明又是不合适的。诸如此类的镜头平时所见还要更多，比如央视的各类大型纪录片中会常常使用，比如《故宫》、《徽商》等。

第四是如何使用主观镜头制造悬念。此外还有一些更为特别的例子来使用主观镜头。由于剧情推进的需要，编导刻意要隐去某些人物，避免面部形象出现在画面上，又要点明其所作所为，于是用主观镜头取而代之，目的是用以制造悬念。比如在国人中耳熟能详的著名推理侦探片《尼罗河上的惨案》就运用过这种手法。

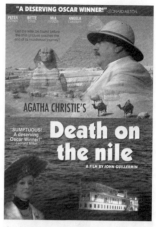

有时候巧妙地使用主观镜头还可以制作一定的悬念。图为《尼罗河上的惨案》中的影片画面。

某个神庙遗址，一派神秘肃穆的气氛，影片中的人物在此游览；摇晃着的登高通道，脚步声和喘息声，此时为主观镜头；游客们三三两两结伴同行，在神像石柱周围参观瞻仰。一块大石正被人推动，人物用力的声音，此时为主观镜头；沉重的大石块由高处急速坠落。石块轰然着地，险些砸中故事的主人公。

那么观众不禁要问，这究竟是谁干的。导演于此时不声不响悄悄地设下了悬疑，人们自然而然地纷纷猜测，这个人大概是谁谁谁。从而增加了剧情的紧张，让人积蓄了观看的兴趣。于是，引领观众带着疑问继续进行下去。

在央视的纪录片中常常使用主观视角代替演员的再现，比如专题片《故宫》中模拟皇宫中的各类人物。

## 7.3  反应镜头

反应镜头是影视镜头语言的一种形式，顾名思义是表现人物对某事件作出相对反应的镜头，它在本质上属于叙事镜头。

● 表现形式

反应镜头是由于叙事的需要，为多方位丰富情节，展示人物内心活动并强调所显现的行为状态，从而对叙事镜头进行细化的产物。反应镜

反应镜头表达的是人物对某个动作的反应表情，并流露出强烈的情绪变化。

反应镜头一般表示两组镜头间的因果关系。如图，演员受到了银幕的影响，开怀大笑。

头表现相应人物的眼神特征或肢体动作以及相关细节等，它与叙述的事件镜头相互呼应达成内在联系。

反应镜头通过画面中人物的外在表现来反映人物的内心活动和情绪，同时反应镜头必须与所叙述的情节紧密联系。中央电视台的奥运宣传片《让世界记住我们的掌声》中，设计了多种鼓掌并交代了这些反应缘由，我们把它们一一对应排列，采用集合式的编辑方法组合、编排，最后作概括性的总结。

镜头A运动员在赛场跑步，此为事件镜头；镜头B观众在看台鼓掌加油，此为反应镜头；镜头C小宝宝蹒跚学步，此为事件镜头；镜头D妈妈拍手鼓励，此为反应镜头；镜头E爷爷奶奶拍手叫好，此为反应镜头；镜头F某人上台领奖，此为事件镜头；镜头G朋友们真诚喜悦的目光热情鼓掌祝贺，此为反应镜头；镜头H全体来宾报以长时间热烈的掌声，此为反应镜头；镜头Z手的特写，叠显宣传语"让世界记住我们的掌声"，此为概括总结。

● 具体操作

一般说来，反应镜头需要与事件镜头并举运用，通常二者或前或后相继出现。就某情节片段而言，反应镜头说的是结果，那么凡事皆应有其原因，于是它与事件镜头相互关联构成"因为和所以关系"或者"之所以和是因为的关系"句型的语法关系，就较为合乎人们惯常的逻辑思维方式。

比如：足球场上前锋射门，球擦立柱而出，球迷们扼腕叹息的表情动作和感叹声；某人讲述着凄婉的故事，听者感动得潸然泪下。诸如此类，既有因又有果，明白交代来龙去脉，前呼后应顺理成章。这是我们常见的也是常用的反应镜头。

《天堂电影院》中的画面。

在影视作品中巧妙地设计和运用反应镜头对推动故事情节发展、抒发人物情感、烘托环境氛围乃至升华作品主题具有无可替代的重要作用。

某些构思精妙的反应镜头往往别开生面，令人耳目一新。欣赏并学习借鉴其艺术效果，可获得创作启示。以下作简单的两个示例：

第一是在意大利影片《天堂电影院》中。故事讲述西西里岛上某小镇天堂电影院的老放映员同一个八九岁的孩子之间的一段感人故事，反映电影与人的关系，怀念电影给人们精神生活带来的影响。这部影片曾获当年奥斯卡最佳外语片奖，本文仅就片中巧妙运用的反应镜头作简要介绍。

童年就与电影结下不解之缘的多

多，自青年时期离开家乡去了罗马。如今年近半百的他已成为国际电影界知名的大导演，其间却从未回到过家乡。阔别30年后，当他踏上故乡的土地，唤起心中儿时的记忆。此时，在家中那位日夜思念儿子的年迈母亲将有何反应，会有怎样激动的表情呢？

影片中有这样一组反应镜头。近景，老人的双手正在编织毛衣，突然停止不动，她好像预知到了什么东西；特写，母亲，侧过脸专注地看着主人公，轻轻地说"是多多，我知道一定是他"；全景，妈妈随即放下手中编织的毛衣，从沙发上起身匆匆地向镜头外走去；近景，一根编织毛线的钢针在沙发边落下，铮然有声，弹跳了几下之后立刻停住了；特写，沙发上，编织的毛衣因毛线拉扯而被拆开；一个摇摄镜头，窗外，一辆出租车正在掉头驶去；镜头落幅，小院门口，母子俩紧紧相拥，画面中鸦雀无声。

这一组镜头全部依靠人物反应的动作状态，以及事物相关的细节，巧妙展现了人物的内心情感；同时没有动用任何音响，一切尽在不言中。毋庸置疑的是这组反应镜头想必会给观众留下不可磨灭的印象。

第二个是由陈凯歌执导、张艺谋摄影的获奖影片《黄土地》中，其中也有一个反应镜头催人泪下。清秀纯朴的翠巧是大西北山区的贫苦农家女，生计无着的父亲迫不得已让媒婆给她找了户人家。那是个什么人家？那人长啥模样？翠巧从来没见过。他有多大岁数？这孩子也都不知道，观众只见影片画面上，老实巴交的老汉正在无奈而又凄楚地劝慰着他的孩子："岁数大些好。""十四岁提亲十五岁嫁"。一到日子，女孩就被接亲的花轿抬走了。

全景，洞房，翠巧罩着红盖头独坐炕上；房门被推开的吱呀声，关门声，脚步声；特写，炕上，罩着红盖头的翠巧，一动不动；一只乌黑粗糙的手伸进画面，伸向翠巧的红盖头，停住，抓起，掀开；露出低着头的翠巧，头微微抬起，怯生生地看了一眼，即是画外的新郎；翠巧的眼神瞬间由呆滞变成恐惧，身子下意识地慢慢往后退缩；翠巧，惊恐慌乱的鼻息声喘气声短促、颤抖。

影片中并未出现那个岁数大些的新郎具体的面部形象，给观众看的仅仅是他的局部，即那只乌黑粗糙的手。到底长啥模样？究竟多大年纪？影片中始终没明确交代。但是在我们眼前却着力强调的是那刻骨铭心的镜头，翠巧看到了那个新郎之后的反应。画面中那个局部，随着翠巧惊惶的表现，促使观众由此展开联想去对它作出补充。

我们审视这个反应镜头，虽说它没有语言，却蕴涵着可怜的孩子对命运的呐喊。影片镜头通过这样的正反对打，从而引发了观众的参与和极强的心理怜悯感。

黄土地（1984）

《黄土地》中的电影海报。

各类广告中会大量使用反应镜头，以此来模拟用户的使用感受。

从图中的反应镜头中我们能感受到演员希望观众有引人入胜的心理，十分逼真动人。

空镜头一般即指没有人物的镜头，常用于转场或剪辑使用。

通常空镜头具有一定的视觉修辞功能，比如早期电影中对松树的拍摄，暗含人物具有松树般坚毅的品质。

空镜头还具有一定的描述功能，比如《庐山恋》中很多山的镜头，具有很强的抒情性。

## 7.4 空镜头

空镜头是影视语言的一种表现形式，它具有特定的功能。巧妙运用空镜头能产生精彩的视觉语言，有很强的艺术魅力。可以真正地做到空镜头的内容不空。镜头语言有多种表现手法，空镜头是我们在平常应用中最广泛的一种。

也许我们还记得早些年的电影里凡有英勇牺牲的革命烈士，后面往往紧接着就出现常青松柏和高耸入云的镜头；观众看见蓝天白云和阳光明媚的画面，可能会顺着故事情节猜想到这里是解放区；在一群天真烂漫的孩子们的后面，镜头经常是花园里花朵绽放等等。上述常青松柏、蓝天白云、绽开的花朵等就是我们所说的空镜头。

空镜头一般是指没有主体人物的镜头，通常是风景或某个物体，多为全景或特写。空镜头与故事情节相关，或者与具体细节存在着某种相似和相近性，而且和作品主题也有着一定的内在联系。我们理解为这是两种物体的对比或补充等意味，其实空镜头的运用多是后期剪辑中，导演引导观众的一种方式，有着很强的目的和功能。

● 表现形式

空镜头有着以下一些典型的视觉功能，第一是修辞功能。空镜头具有类似于文字写作的修辞方式。从修辞格来分析，构思精巧并运用合理的空镜头可以产生比喻、暗示、强调等各种修辞作用，具有非同寻常的艺术表现力。

也正是如此，在早期的蒙太奇剪辑中，苏联导演们创造性地运用了这种典型形式，如著名的奥德赛阶梯。通常我们还用交通信号灯这类空镜头来暗示所叙述事件的中止；也有以滴水的龙头、日记本、日历、四季花草等空镜头象征时光的流逝等等。

第二是描述功能。空镜头常用于烘托气氛、抒发情感、创造意境，具有明显的抒情功能。它可以拓展无限的想象空间，从而使作品主题升华，也有人称它为抒情镜头。比如《庐山恋》中有很多拍摄庐山的空镜头画面，与主人公的心理相结合，有着很强的抒情功能。

第三是调节功能。空镜头在视觉上形成画面之间的隔断，因而具有调整叙事结构、情绪基调和调节观众视觉感受之功能。它常用做越轴镜头或其他不合常规镜头的过渡组接，也可用于段落之间的转场。如此看来，每次拍摄中增添几个无人的空镜头其实也是一种保险的办法，它可以利于在后期中对影片的补救或过渡等。

使用空镜头时可以采用硬接、叠化等组接形式。通常我们将花朵这样的空镜头比喻成少女和美丽等含义。

- 具体操作

对于空镜头来说，它在拍摄时要注意一些关键之处。第一是表现形式。从表现形式来看，具体运用空镜头可以采取的方式一般有：硬接，用空镜头与叙事镜头切换组接；软接，用空镜头与叙事镜头叠化，也称为交叉溶解组接；反复切换，也可多次反复相互交替切换以示强调或省略；叠显，有时为了内容表达的需要，还可采用叠显两层画面的形式来表现。

第二是创作理念。从创作理念上说，空镜头运用成功的要领在于：巧妙、合理。关键是画面的设计，需要精心策划。这就要求摄像师对作品主题能有一个比较全面的整体把握，并具有驾驭影视语言的综合能力。设计新颖的空镜头，能产生不同凡响的艺术感染力。同时，也可以在这些运用中体现出作者的智慧和视觉修养。由于大量影片的接触，我们在形式上比较反抗过去那种英雄和青松式的组合，这正是当时很多导演的滥用，使得本来有新意的空镜头成为了一种诟病。

需要说明的是，还有一种观点把虽无主体人物但有其他人物的全景镜头，从空镜头范畴中单独划分出来，称为印象镜头。这样一来，印象镜头与空镜头的区别就十分明显，其根本的不同就在于画面中有人或没人。空

空镜头的成功在于不能落入俗套，而是要新颖、别致。电影《后天》中有很多成功的空镜头片段。

有时候我们把没有主体或是人物不突出的全景镜头称为印象镜头，用来和空镜头相互区别。

镜头由于其特有的语言修辞性功能，因而特别受到影视片的青睐。

本章我们所介绍的几种镜头语言，只是一种人为的划分。由于划分方法及划分标准不同，可以得出多种结果。各种镜头语言形式并不是各自孤立的，它们之间往往相互交叉，很难做到某种绝对的独立。所以我们对镜头语言的掌握和运用应当从宏观上做一个全面的囊括。

镜头语言是灵活的，镜头语言也是有生命的，在拍摄者手中它是可以随意穿插的素材。只要素材应用合理得当、搭配前后有序，就能制作出令人满意的作品来。

**? 思考与练习**

1. 了解镜头的语言表达，学会使用镜头来叙述事件。
2. 学会主、客观镜头的拍摄方法和使用技巧。
3. 能够在实践拍摄中合理运用反应镜头和空镜头。

# Chapter 8

# 第八章 镜头的拍摄要素

我们通常所说的一个镜头，它的定义是指：摄像机从摄录到停录的一段时间内，不间断记录下来的包括光线、色彩、人、物及活动在内的综合体。通俗地说就是摄像机连续拍摄的一段画面。在一个完整镜头的拍摄中会涉及到诸多关键要素，这些要素的组合和分配是镜头可以相互联系的纽带。

而任何有一定长度的画面都必须切分镜头达到组接的目的，所以镜头的切分成为拍摄时需要关注的重点。镜头切分是指摄像师在拍摄过程中对现场景物所作的切断，形成一个又一个分镜头的技法。它从本质上来说实际包含了两方面的意思：一是时间概念上对镜头的切断，二是空间上对场景人物的分割，两者紧密相连。

我们在考虑组合与分割时是运用一个整体来作权衡的，也就是说时间的分割势必造成空间的阻断，反之亦然。以下我们将分别讨论时间、空间、声音对镜头分割和组接的影响，其实也就是我们在拍摄时需要关注的三大要素。记住一点，它们在实际中永远是一体的，除非你有意将它们分离，但实际上你也无法将之分化出来。

## 8.1 时间要素

摄像画面是摄像机连续记录的结果，它表现的人和事有时间流动的特点。随时间的线性进展，画面是活动的，人物运动具有连贯性，动作是自然流畅的，在连续摄取的画面中表现的活动事物是客观真实的再现。

法国导演在新浪潮电影中推动和发展了长镜头，也就是长时间拍摄的镜头。图为《去年在马里昂巴德》中的画面。

一般我们把摄像机连续摄取的时间长度，叫镜头时间长度或镜头时长。换句话说，只要是连续摄取的，无论画面内容有无变化，都可以视

使用影片时间中的一个极端特例，即影片长度与正常时间长度相等的影片《五点到七点的克莱奥》。

一般来说影片时间具有一定的浓缩性，以此来加快叙事的速度。图为描写莫扎特传奇音乐人生的同名电影《莫扎特》。

为一个镜头的概念。假如在拍摄过程中，镜头没有切断，那么即使连续拍了一个小时，也只能算做一个有一小时长度的镜头。

假如把时间精细划分到帧，画面是静止的，所有的活动都停顿了。只有形象而看不出动作，这个时候摄像机拍摄的图像就相当于一幅照片。有人把这静止的视频画面说成是图片，虽不尽准确，但为了说明画面有时间流动的特点，这样理解似乎未尝不可。大家可以利用手中已有的带视频的照相机或手机，感受一下帧和图片的概念，对于理解视频时间有着不一样的认识。

● 时间要素的特点

首先是镜头的再现时间。镜头的时间长度是影视的特征，它再现了客观事物活动的时间。换句话说，镜头没有切断的这段时间里，画面表现的时间与事实是一比一的关系。其中任何活动我们都可以视为是真实状态。近年来中央电视台春节联欢晚会上，在魔术师刘谦表演的关键时刻，电视镜头连续摄录不作切换，就是为了从镜头时间中证明人物动作的真实性和客观性。

还有一个著名的例子是法国新浪潮电影教母阿涅斯·瓦尔达导演的《五点到七点的克莱奥》，这部于1961年拍摄的电影讲述了一个女歌手在等待医疗诊断结果中两个小时内的故事。导演采取了故事时间或影片时间与实际时间等长的手法，从而成功描写了主人公复杂的心理状态。这部影片不仅成为实时电影中的经典，同时也很好地说明了影片再现时间的一个特例。

一旦切断镜头就意味着一个拍摄的结束。它界定了这个镜头的时间长度，同时又确定了后一个镜头的起始点，为镜头组接排列提供了时间标志。如果说摄像与摄影、绘画等艺术在诸方面有相通之处的话，那么镜头的时间长度就是摄像自身所独有的地方。线性发展是时间的基本特性。和雕塑、摄影、绘画等静止的视觉艺术相比，影视动态视频表现出明显的时间特性。

其次是镜头的时间浓缩。为了反映客观事实，是不是镜头都得连续拍摄呢？答案显然是否定的。这就需要作者提炼生活，把最精彩的部分提取出来，记录下来。常言道有话则长，无话则短。

我们强调指出摄像是用镜头写作的工具，写文章就要有字词句段，才能成为篇章；写文章还要提炼生活，而不是照搬生活，更不能记流水账。不懂得把握镜头的切断，其核心问题是不懂得镜头是影像的原材料。假如摄像仅仅是全盘照实记录的话，那只要安装一台实时的监控器就可以满足所有的需求。

最后是镜头的创造时间。镜头经切断并通过组接就创造出了镜头里的时间。比如我们出门办事，目的地离家一公里，出门时他走了15分钟，这是现实时间。我们用如下三个镜头各3秒钟来表现的话，出家门、走在路上、到达目的地，这样只要用9秒钟的镜头时间就可以实现15分钟的现实时间。

因此，我们说摄像的真谛在于用镜头创造时间。让镜头时间更简短，而内涵更凝练。镜头不单是客观生活的再现，而且要高于生活。摄像师应善于把握住镜头的时间长度，适时切断；同时还需考虑镜头在空间上的分割关系，形成一个个不同而又相互关联的分镜头，我们就可以创造出合适的镜头时间。

● 时间要素与视觉心理

视觉是人类基本的感觉功能，通过眼睛获取外部世界信息。观察就是外界客观事物由于光的作用在眼球视网膜上的成像，经视神经传送到大脑皮层而形成视觉的过程。这不只是纯生理上的过程，还涉及诸多心理方面的因素。

摄像师以自己有意识的观察，在显示中获取画面信息传达给观众，而观众则以无意观察的状态来接受。观众通常处于自由的个性空间中，他们的注意力往往是无法集中的，观看也带有很大的随意性。在观看的过程中，他们可以一边做事，一边谈话等等。由此，摄像师应当按照这种视觉的心理规律，运用各种方法提高画面信息的传播效率，也就是信息的浓度和冲击力。

其实摄像画面中的心理因素有着这样三层含义。一是画面实际占有的时间长度，也就是在屏幕上表现出的画面编辑点之间的时间跨度；二是画面所表现出的现实时间，屏幕上实际占有的时间长度可能并不完全等同于画面所表现出的现实时间，例如快动作或慢动作镜头；三是观众观看时的主观感觉时间，这是心理上的时间，例如：看沉闷的镜头，感觉时间特别长。较长时间且单调的画面会使观众产生视觉疲劳，同时也会分散他们的注意力，一般情况下会出现做其他事情或换台的选择。

在摄像创作时，对现场一切景物和活动作完全记录是不必要的。摄像师的任务是通过画面传递相对完整的信息。对景物或运动有意识地选择和安排，可以使画面更具表现意义，使信息更凝练更紧凑。既完整地再现了空间场景，明确地展示了事件的发展过程，又实现了创作思路，具有更为深刻的内涵。

影片的时间长度和观众观看的主观意愿有着直接关系。沉闷的感觉时间长，轻松的感觉时间短。图片为影片《虎口脱险》中的画面。

## 8.2 空间要素

摄像中的空间特质并非其所独有，正如我们所述的那样，各种三维或二维的视觉艺术中都存在着空间的概念。空间也是人类很早就学会并运用的一种物质表现对象。通过对空间的认知，我们将很多人类的情感投射在其相应的对象中，空间表示着人的社会属性和归类；同时空间对人的情感有着深刻的影响，它可以代表不同的象征意义和心理作用。

在拍摄中，摄像师其实唯一可以做到的是极力地恢复观众对空间的复原感，这是动态视频一直以来的一个严重缺陷。当人们通过电视或屏幕二次获取视像时，摄像机转述的空间是一个假的和虚拟的空间。这使得人在观影时产生了一定的心理压抑。

常常我们走出影院后，自我安慰地说："如果那是真的就好了。"

3D技术是人们追求视觉空间形象的一种极致，其目的就是为了达到与真实世界的对接。

摄像机的画框规定了空间的范围，主体占据的空间大，而陪体占据的空间小。

广告影像中即使物品再小，其占据的空间也是绝对的最大。

其实这句话表明观众希望获得真实的心理，但是空间的复现技术要难于时间的复现。这种尝试始终就没有停歇，在我们成书的今天各种虚拟的3D技术不断涌现，它就是从技术上为人的一种真实感服务的。相信在未来的视频中，我们不仅可以获得如梦幻般的全真实境况，还能获得各种相应的触觉感。或许，那个时候人们需要为难的是，我怎么走回真实世界的问题了。

● 空间要素的特点

对于一个普通影像而言，拍摄中的空间要素和我们前文所提及的构图有着密切关系。我们在构图中详细分析了各种图形关系，透视对于人的视觉的还原，其实就是我们如何对空间这种要素的拍摄和处理。在实际拍摄中，时空是相互牵扯，也是不可互分的。有时间即产生空间，反之亦然。但是很多人在拍摄初期，常常关注了时间，忘记了空间；或者着重空间的表达，却忘却了时间叙述。这里仅仅需要指出两者不可偏袒其一，更不可抽离一个表现另一个。

在这其中摄像机的画框做了一个很好的界定。我们发现当画框出现某个景物或场景时，其实就是规定了一定的空间范围。在这个空间范围内的事件被摄像机所认可，走出画框的范围就是一个无效画面。在这个画框内部，空间的多少和视觉有很大关系。重要的主体占据的空间大，次要的物体占据的空间小，大小比例的关系可以由镜头、运动、场面调度等综合实现。学者们发现空间的大小暗示了一定的权力、地位、关系和导演的倾向。这是我们通常就能理解的特点，比如中国电影中英雄的高大和伟岸与敌人的渺小和怯懦是相互对照的。

大家也常常发现，有时候拍摄者特地保持某种镜头内部的空间距离，以此来确定某种风格，吊起观众胃口等等。比如导演杨德昌的电影有一个很有趣的现象，你似乎总看不全那个你所见的主人公，有时候一个近景的出现，当你需要再定睛时，里面的人物已经远离。这就是导演有意安排拍摄中的空间疏离来表达他的特定目的。

当然空间大小还有着不同的象征与心理意义。我们发现很多影像中，空间大小的比例与实际物体并不成合理的关系。比如广告中的主体，即使一块手表，也可以和广告中的演员同等大小，它就是为了暗示这才是我们影像重点的目的。但如果是个不起眼的大物体，即使实际空间比例再大，我们也会设法将它缩小，这就是广告中的直接效应，它需要的是直白。我们在自己的作品中可以相对委婉地进行这种表达，比如在一个相对关系中可以考虑主体的空间站位等，以此来达到某些视觉引导和特定的心理暗示等。

● 空间要素与镜头切分

镜头的切分原则从根本上说就是要为故事内容情节服务。镜头切分是摄像的技法，其根本目的在于表现故事情节、反映作品主题。摄像画面在内容表达上，主要是反映现实生活中的人和事物。在表现人物方面，摄像画面首先展示人物形象和形体动作，并且与人物形成了对应交流的关系。

镜头的空间切分是借助景别来体现的，景别的设计与选择必须同画面的具体内容相适应，还须考虑作品体例、节奏等因素。景别与角度的变化不但可以满足突出主体的特征，引发特定的情绪，而且能更好地表现画面空间关系，形成视觉的美感（图1）。

通过一系列不同景别、不同角度的镜头来叙述动作事件的外部形态，着重于动作、形态及造型的连贯性，并且还可以注重事件内容上的有机联系。因而，直接来说镜头中空间的连续就是拍摄者有意识的景别设计，它要求对作品的深入理解，抓住情节发展，突出细节。这样，摄像镜头就不仅仅是一种技术手段，而是艺术的表现方法（图2）。

比如电影《海上钢琴师》中我们可能记不住整个故事，但是大家一定还记得其中先后出现的两支香烟的细节，尤其是后一支香烟触到钢琴弦上被点着的特写镜头，让人为画面外那个天才式的钢琴师叫绝。同样，在经典影片《四百击》中，导演特吕弗将男孩穿着高领毛衣的脸进行了放大，不仅成为了电影海报的宣传，还成为了影史上的一个经典画面。

有时候空间与拍摄距离有着明显的关系，比如杨德昌的电影，你似乎总觉得和电影人物隔着点什么。图为《一一》中的画面。

## 8.3　声音要素

视频画面由于声音的参与和时间的流动，具有更强的综合表现力。现代新型的摄像机所摄录的镜头，包括视频和音频两大部分，两者同步按时间线性发展。一般认为，视频就是经常说的画面，音频是现场同期声。

● 现场同期声

在电视艺术表现各元素中，声音与画面是同等重要的，它们各自有其不可替代的作用。由于拍摄内容的不同，在某种特定情况下声音甚至居于第一重要的地位。现场同期声包含人物语言和环境声。

人物语言对某些拍摄内容来说尤其重要。比如对知名人物大段的采访，摄像师应当对被摄人物的语言特别留心，必须监听同期声。假如声音质量不好，即使画面再好，恐怕也无法正常使用。

想要满足人物语言完整的要求，单机拍摄只有一个办法，就是连续拍，其间镜头可以运动以改变景别构图。至于镜头单调和镜头动的问题，暂且放到后期编辑时通过插编，即插入后期拍摄的空镜头或反应镜头的方式或采用改变速率的办法去解决。

假如并不要求语言完整，那么也应该注意等到主体人物讲完一段话，至少讲完一句话后。镜头切在语句间隙中，以实现局部的完整性。

有些拍摄内容虽然并没有人物语言，但是现场环境声也十分重要。比如会展大厅参观人流的现场声，风光片中的鸟语蝉鸣等，都是不可或

现场同期声是指随摄像机一起录入影像的声音。

对于录音功能不强的摄像机来说，外置的录音设备必不可少。

缺的。这对于表现特定环境，具有无可替代的功效。

● 确保现场声

关于现场声响的收录，首先需要关注的是录音话筒的品质。某些指向性强的话筒，不但录音质量高而且使用效果好，它能排除掉相当部分的杂声干扰。户外使用

为了确保现场声的录制，外接话筒以及防风罩等附件都是保证声音收录的基础。

在条件允许的情况下，录音师的参与会使影片的拍摄更加成功。

话筒还须加装防风罩，避免风声干扰而影响录音质量。

话筒的优劣悬殊极大，当然价格差异甚大。高端话筒特别娇气，不仅怕碰更怕摔，使用时应倍加小心，一般由副手或专门的现场录音师负责。

如果没有配置高档录音话筒，我们可以采用一些简单实用的办法。比如让摄像机离被摄人物稍近一些，或者连接延长线使用外接话筒，那么只要话筒距说话人近些，摄像机离得远些也无大碍。如果可以使用无线话筒就更好。总之，要力求同期声的音质效果良好。

使用外接话筒千万要注意，话筒连线拔出再插有可能造成接触不良，必须事先仔细而反复地调试，确认无误后开始拍摄。我们一般可以观察摄像机上的声音电平指示，或者回放一遍观察效果。此外，实拍时还要注意监听收录的实效。

现场拍摄需要备好各种辅助设备，特别是电池，有时候它决定了拍摄的最后结果。

## 8.4　切分镜头

镜头是影像语言的元素，是组成影片的基本单位。在影像创作中，一切活动都是以镜头为核心，每一个画面都是镜头最终的外在形态。摄像师按自己的意图和愿望，对客观现实世界作出取舍，并以本人对艺术的理解进行作品的创作，最终完成影像镜头。

### （1）基本要求

镜头切分的基本要求大致有四层意思：

首先，现场拍摄反映主题的重要场景人物必须拍到；某些镜头稍纵即逝不再重现没法补拍。所以，尽可能地多拍一些，带足电池和磁带。其次，镜头不仅要确保拍到，而且画面规范必须符合表达的需要，完成相应精美到位的镜头。再次，这些到位的镜头需要不同角度、不同景别，还应当有足够多的数量。此外，在拍摄前，对这些一个又一个分镜头的先后顺序要有初步的筹划。脑子里要有排列这些分镜头的想

早期的中国电影由于胶片稀缺，拍摄时完全依靠镜头的切分来组接镜头，堪称拍摄中的经典。

数字摄像技艺教程

法，使素材片看起来就基本上符合粗剪的要求。

简而言之，切分镜头的要求可以用四个字来概括，即有、优、足、顺。需要特别注意，分镜头要求摄像师尽可能在拍摄的当时完成，至少应带着可供后期做剪辑的理念来拍摄，而不是非得等到后期才去考虑镜头的搭配组合。

一般来说，后期编辑只能做到删繁就简、去芜存菁。你原始素材拍得到位，它才有可能让你如愿以偿；假如先天不足，最多也不过改头换面而已；若是无米之炊，就更别指望无中生有了。即使使出浑身解数，恐怕也无济于事。

况且，后期编辑虽说可以在时间上切断镜头，但是却很难改变画面的景别构图。假如拍的时候不假思索乱拍一气，完全依仗后期去折腾，估计也不大可能成就一部好片子。

因此有必要再次重申：必须注重拍摄这一环节，在现场用心切分和组接镜头做到实时编辑才是一个摄像师技艺水平的体现，也是看出摄像师的过硬本领所在。如果所拍的原始片能基本到位，那么后期编辑不仅省时省事，而且可望在此基础之上精雕细刻，使作品锦上添花。

很多时候决定一部影像好坏的根本在于声音，因此很有必要使用专门的录音器材。

现代电视拍摄中，无线收录装置可以为现场拍摄带来不少便利，再也不用为电线而困恼。

### （2）具体操作

● 镜头终止

拍摄要领

镜头的终止，就是一个镜头的切断，它只要按一下摄录钮，实在过于简单。千万不要小看这个似乎极其简单的停顿动作，它反映了摄像者对这个镜头作用的理解程度和运用能力。有必要着重强调，当我们中断一个镜头画面拍摄时，它的结果不是等闲视之。

简而言之，摄像要领可以概括为："一切三换五要求。""一切"指的是镜头要切断；"三换"指的是换对象、换机位（拍摄距离、方向、高度）和换景别；"五要求"指的是稳、平、实、美、匀这五个基本守则（图3）。

其中第一条就是要懂得适时切断镜头，不会切断，自然也就谈不上后面的三换，这也许是反映你会不会拍摄的明显标志；或者我们是否可以这样说，会拍不会拍、善拍不善拍，首先就在于把握镜头的切断是不是恰到好处。

在实践中，初学摄像者常犯的毛病是镜头太长，这种现象十分普遍。他们对镜头长度把握不了，优柔寡断不知该在何时切断；也可能以为长或许比短好，因而不能果断地中止；这些都是初学摄像者中的常见误区。

镜头一长，就显得十分拖沓，造成观众视觉疲劳几乎恹恹欲睡。在拍摄现场能把握时间长度是摄像师最基本而又重要的能力（图4）。

确定时长

那一个镜头该拍摄多长时间才算标准？如果太短没看清，看得不过瘾；太长嫌拖沓，招人厌倦。一般说来，可根据下列因素来确定。第

我们在实际拍摄时需要盘算好拍摄的时间和进度，一般普通镜头应控制在十秒左右。图为电影《加勒比海盗》中的画面。

一是根据拍摄内容的表达需要来确定镜头长度；第二是重要的动作或场景，需要的镜头长，而次要的部分则短些。

事物内容有主次之别，主要的内容应当突出，出现次数多并辅以小景别镜头。但是，如果只拍主要内容，所有镜头全部都是主体，陪体一个镜头也不给，那也不行（图5）。

下面各介绍若干在实践拍摄时的长短时间参考，供拍摄者借鉴。

主体长，陪体短：一般说来拍人可长，拍物可短。为烘托情绪的镜头可长。根据观众的需要和情绪来确定镜头长度：观众想看的长，反之则短；令人费解的内容可长，一看就懂的可短。

根据镜头包含信息量的多少来确定镜头长度：信息量多的镜头时间长，反之则短。

根据拍摄内容的变化情况来确定镜头长度：现场情景可能发生变化的，镜头可长；变化不大的，镜头应短。

根据画面人物语言或伴音来确定镜头长度：人物语言重要的，镜头可长，无需留语言的，镜头可短。

根据景别大小来确定镜头长度：大景别镜头应稍长，特写镜头要短。

根据作品题材体例和创作要求来确定镜头长度：风光题材抒情类作品镜头可长，广告宣传类作品镜头必短。

根据后期编辑的需要来确定镜头长度：要后期编辑的，镜头可长；不编的，镜头应短。

综合运用

我们在拍摄前仔细观察、认真思考，心中明确了要拍什么、怎么拍、拍多长时间，然后才按摄录钮拍摄，决不草率行事。所拍摄的内容前后情节变化不大的，无须长时间完整地记录整个过程，用几个镜头不同景别、不同角度交代即可。

突发事件或意想不到的精彩情景，可能千载难逢十分重要，摄像师最好要具有灵敏的预见能力，有一定的提前量拍摄并用长镜头完整地表现全过程。边拍摄边留心听人物的语言和其他现场声，尽可能让人把话说完，

摄像师在现场拍摄中也要有一定的预见能力。很多时候，当我们停下摄像机时，常常会有一个更好的镜头出现。图为电影《达芬奇密码》中的画面。

至少要保证完整的一段话或一句话。

初学摄像者也有标准可执行，即一个镜头通常应掌握在十秒以内为宜，随着各自摄像技艺水平的提高，镜头应该逐渐更短一些。一般说来

图1，影片《教父》中空间表现与镜头切分使用得恰到好处。

图2，同样出色的还有影片《海上钢琴师》中船舱的空间与镜头的切分关系。

图3，合理的终止镜头是初学者拍摄的难点，最重要的是知道如何把握拍摄的重点内容。图为影片《风语者》中的画面。

图4，太长的镜头容易造成拍摄内容的
冗长，最后会引起观众的视觉疲劳。
图为电影《珍珠港》中的画面。

图5，时长的多少依拍摄的内容和主
次来决定。图为影片《变形金刚》中
画面。

图6，通过多个分镜头的办法来表现一
个整体，会使影片更加紧凑，视觉冲
击力也会大大增强。

数字摄像技艺教程

短镜头比长镜头难拍，一条片子总的镜头数量多而单个镜头时间短，画面丰富经常变化才有看头，这是影像成功的秘诀。

遇见真正有想法的长镜头，其中包含许多镜头内部蒙太奇的转场方式，需得精心构思并且工于拍摄技巧。在这其中各种电影是我们学习的优秀范例，大家可以多看大师佳作以期获得不一样的视觉经验。

拍摄者在进入现场前需有一个清晰的思路，否则很容易造成临场的手忙脚乱。图为影片《纳尼亚传奇》中的画面。

● 镜头分割

初学摄像经常出现这样的情况，一进入拍摄状态，就大量使用全景；要不镜头就上下左右摇摄，把所有的人、景、物一个不漏连续不断地扫摄进去。回放一遍影像，的确画面上事无巨细。虽说尽收眼底，却让人看过即忘，这样的现象几乎成了初学的一个通病。那么镜头分割应当怎样把握才能做到适宜呢？

化繁为简

艺术辩证法告诉我们，一切全都交代齐了可能等于什么都没描述。因此在影视节目中，导演为了表达剧情分清主次，也为了使画面丰富多彩，往往把情节分解开来，写出分镜头剧本，化整为零。这样以多个分镜头的组合，使观众形成综合而整体的印象（图6）。

譬如我们要拍摄世界名画《蒙娜丽莎》，不仅要拍整幅画的全景，而且还要拍它最富美感的局部。如那安详而迷人的微笑，还有那优美雅致的手等等。这种以积累局部来反映整体的表现手法，相对于只用单幅全景画面，无疑大大增强了感染力。

组合表现

摄像者进入拍摄现场，心中必须有一根弦，或者说有一个清晰明确的创作思路。头脑里要有切分镜头的意识，要围绕主题突出重点，分别轻重缓急地拍摄，把整体内容通过分镜头组合起来表现。这是对摄像者能力的检验，关键在于切分的镜头会说话。它反映了你的想法、情趣和智慧。

镜头分割不仅仅是一种技法更侧重于艺术，是用镜头写文章表达主题的艺术。这要求摄像师有着创作的想法，还要思路清晰、反应敏捷。

综合运用

那么镜头怎么分割呢？这又要回到前面所述镜头切断和摄像要领"一切三换五要求"。"切断"与"分割"休戚相关。镜头切断的目的是什么？分镜头拍摄的方法如何等等。如果不懂切断，显然不理解分镜头。须知影像片是由镜头分割、切断，再分割、再切断，借助组接，最后完成作品内容表述的。

掌握镜头切分的具体技法要领在于切断镜头后作出三换：换被摄对

一般来说，广告拍摄和电影拍摄都会预先做好充分的准备，比如画出分镜表，它几乎就是一个未完成的影片。

象、换拍摄机位和换画面景别。

首先，最好在镜头切断以后就换一个被摄对象，改变一下拍摄的具体内容。例如，亲人聚会可以先拍多人，再拍其中正在亲切交谈的两位，然后逐个拍他们。又如甲乙两人下棋，先拍全景，而后分别拍甲乙的近景表情，还可以拍棋盘和手拿棋子的特写。

其次，还要注意换机位，不同的对象应以不同的拍摄距离（远、中或近）、不同的方向（正面、侧面或背面）、不同的高度（平视、俯视或仰视）去表现。

尤其重要的是分镜头，千万不要忘记换景别。就景别而言，反映场面交代环境一般可用全景；重要而精彩部分宜用中景、近景等较小景别；最应强调的应当用近景或特写。

一般来说，主体的景别较小，陪体的景别较大，全景表现总体场面，接着就用较小景别反映其中某些精彩部分。何谓重要部分，应视拍摄内容而定，以围绕中心突出主题为把握的依据，观众最想看到的部分应当重点表现。

理解作品思想内涵，利用合理巧妙的镜头语言来切分镜头是最重要的环节。分镜头可拍摄画面中人物的局部，表现动作细节或表情特征，可以作为客观镜头；分镜头可拍摄画面中人物的主观感受的画面，可以作为主观镜头；分镜头可拍摄画面中人物的反应，可以作为反应镜头；分镜头可拍摄画面中没有人物的画面，可以作为空镜头；分镜头可拍摄画面中物体的局部，表现其细部特征等等。

摄像师在拍摄时就充分考虑到后期编辑的组接问题，对同一主体拍摄大量的不同机位、景别的镜头。此外，主要人物镜头时间长而且出现的频率高，以及用光方法、主体用光、画面美等都是安排分镜头所需要考虑的因素。对多个相关物体拍摄，应注意轴线关系，尽可能避免越轴。还要多拍一些空镜头、印象镜头和特写镜头，以备后期编辑使用。

总而言之，切分镜头是摄像的基础技艺，拍摄过程中能否恰当地运用分镜头理念，并且熟练地掌握分镜头技法，是衡量摄像师技艺高低的重要标准之一。

**? 思考与练习**

1. 理解并掌握镜头拍摄中的时空要素，并能拍摄的角度来加以应用。
2. 理解声音在动态画面中的作用，掌握音画同步或异步的关系。
3. 学会如何切分镜头，同时能够自如掌握切分镜头的技巧和方法。

# Chapter 9
## 第九章 光线与色彩

光给我们带来五彩缤纷的世界。同样，有光才有像，电视图像实际上就是光在摄像机内的动画。可以说，光是摄像画面的生命。

色彩是万物的基本属性和外在表征，色彩也是人的视觉生理现象。不同的色彩组合，构成了不同的色彩影调，表现出不同的情感特征。

掌握用光是摄像技艺的根本，在实际拍摄中，我们必须学会运用日光拍摄，还要懂得在灯光照明条件下拍摄，有时候还要两者相互结合应用。在当代的高清摄像机时代，摄像机技术对光的要求更高，因此更需要拍摄者讲究用光。

## 9.1 光线的基本性质

光是宇宙中的一种基本物质。这种物质的运动具有一定的规律，这种规律就是光的波粒二相性，它是一种可以引起人视觉的电磁波。

我们人眼所能看到的光称为可见光，可见光是光波长范围中很小的一个部分，它的波长仅限于从380纳米至760纳米之间。波长短于380纳米的被称为紫外线，波长长于760纳米的称为红外线。这些短于或长于标准波长的光线人眼不能直接感知，被称为不可见光。

光源是指能够独立发光的物质，大致分为自然光和人造光两大类。自然光一般指太阳光，也包括月光、星光；人造光指灯光，也可包括火光。太阳光是最好的光源，它的特点是离被摄主体很远，日光光源可以视为是一束平行光。此外，光的基本要素涉及光的强度、光照方向等概念。

### （1）光的强度

光的强度决定了不同物体在光照射下反映出的亮度。亮度是物体表面反射光线的反应值，即物体呈现

光是我们世界中的基本物质，它是我们能看见周围世界的物质基础。

光的强度由光源的发光强度所决定，人造光源可以人为地控制光强。

光的强度还与光源的远近有关，远的光强弱，近的光强强。夜晚即使使用人工光源，光强还是较弱。

出来的明暗视觉感觉。一般来说，除了发光物体之外，各类物体的光强和光源及其自身的表面特性密切相关。下面我们作一个简单的分述。

首先是光源的发光强度。发光强度是指光源所发出光的强弱。显而易见光源的发光强度本身乃是影响光的强度的最基本因素。光源强则势必亮度大，反之亦然。最强的发光物体无疑就是太阳，人造光源依功率不同各有不同的亮度强弱。

其次是光源与物体间的距离决定了各种物体间的强度差异。众所周知，物体离发光体越近越亮、越远越暗。

在阳光或月光照射下，由于光源离得太远，因此即使物体的位置不同，它们与光源间的距离几乎没有差异。即使我们通过物理计算得出一些数据的差异，但事实上这并不会表现出亮度的变化。

最后光强与物体本身的表面特性相关。深色物体吸光能力强、透光能力弱；浅色物体吸光能力弱、透光能力强。在同一环境下，无论从什么角度观看，深色物体都比浅色物体显得较暗。

表面光滑的物体可以形成镜面反射，表面粗糙的物体形成漫反射；镜面反射物体显得较亮，漫反射物体显得较暗。比如镜子和布匹的肌理不同，反射光线的能力也不同。

### （2）光的软硬

无论自然光源或人造光源都具有直射光和散射光两种不同的状态，同时直射光和散射光会带来光线软或硬的两种视觉感受。

● 直射光

直射光是指光源直接照射，使物体产生清晰投影的光线。直射光光线方向明确，有利于画面造型。用直射光表现物体外部轮廓和线条特征，能突出物体表面质感。直射光能提高画面反差，常被用于表现环境气氛。直射光还便于在照明时控制照射范围或创造装饰效果等。

但是，单一的直射光造型效果生硬，不利于表现柔和的画面。直射光某些照射角度可能在明亮的金属、玻璃等光洁物体上产生局部光斑，

各种不同材质对光的接受程度也不尽相同。注意早期电影中对人物肤质和衣服的光质处理。

典型的直射光效果。

典型的散射光效果。

顺光的画面效果，顺光又称正面光。

侧光的画面效果。

形成画面晕光而破坏效果。直射光在多种光源情况下时，容易出现过多杂乱阴影，使画面缺乏真实感。

- 散射光

散射光是经过某种介质或粗糙反射物形成的柔和光线。散射光方向感不明显，反差小，影调柔和，在被照物体上不产生明显投影。散射光照射范围大，场景中物体几乎是平均受光，因此常被用做基本光。散射光较适合摄像机的拍摄，是普遍使用的一种照明方法。我们在制作和利用光线时，会有意识地对光线进行柔化和散射处理，以保证光线的合理使用。应该说，柔化光线变成散射光比简单加强亮度制作硬光要难。

但是，散射光不利于表现被照物体外部轮廓和线条特征，较难反映物体的质感。散射光照射下场景的反差小，画面显得平淡而缺乏力度。在实际运用时常利用现场环境中的白墙作为反光物，借以产生柔和的散射光效果；也可以随身携带一些反光板或是柔光板等用于光线的适当柔化。

### （3）光的方向

光的照射角度是指光源位置与拍摄方向之间所形成的照射角度，一般叫做光照方向。光照方向按摄像机的视点进行分类，与被摄主体的朝向无关。

光照方向包括水平照明方向和垂直照明高度。在以被摄主体为中心的水平方向上，大致可分为顺光、侧光、逆光、顺侧光、侧逆光等；垂直方向可分为顶光、顶顺光、顺光和底光等等。

顺侧光的画面效果。

- 顺光

顺光，又称正面光，被摄体表面均匀受光，反差小。在人的脸部几乎没有阴影和明显的影调变化，使用比较可靠。但是顺光有可能使主体显得平淡，整体画面

顶光的画面效果。

底光的画面效果。

缺乏活力。在大场景拍摄中，顺光不利于表现空间层次。此外，顺光容易造成人物面部反光，影响画面效果。也可以说，顺光是没有性格的光线。

● 侧光

侧光会形成受光面、背光面。可以产生丰富的影调变化，具有较好的造型功能。侧光能突出画面的空间层次，增强表现力度。用侧光照明拍摄，有时可能造成喜剧化效果。但是侧光形成的阴影部分层次难以很好地表现，侧光还有可能造成阴阳脸，最困难的是侧光容易造成曝光的失误，颠覆画面的光线平衡。

逆光的画面效果。

● 顺侧光

顺侧光又称前侧光、侧顺光，介于顺光和侧光之间。运用顺侧光照明，被摄体表面明暗关系正常，具有丰富的影调变化。顺侧光是最常用的摄像照明光线。

● 逆光

逆光也叫背面光。在表现大纵深场景时，逆光可以加强空气透视效果，增强画面空间感和立体感。较容易地与其他光线搭配，使得物体与背景分离，产生良好的三维效果；同时，逆光也有利于表现透明或半透明物体的质感。但是逆光照明有可能会使主体曝光不足，拍摄时应注意选深色背景并以主体亮度作为曝光基准，或者选用手动曝光模式；还有可能会引起对焦系统的瞬间失灵，也要通过手动对焦加以还原，这些是拍摄者在使用逆光时要加以注意的方面。

侧逆光的画面效果。

● 侧逆光

侧逆光也称后侧光。侧逆光便于突出被摄对象的轮廓和形态，使之脱离背景而呈现出一定的空间感。侧逆光适用于表现物体表面的质感，丰富画面影调层次。

- 顶光

顶光通常用于反映人物的特殊精神面貌，如憔悴或缺乏活力等状态。在电视演播室，常用散射顶光作为基本光。由于顶光形成特别的强烈阴影会产生骷髅光效果因而丑化人物形象，但也因此将顶光仅作为一种造型手段的补充使用。

- 底光

底光是反常的照明光线，可以表现特定的光源特征。比如人物处于水边，形成波光泛影的效果。但这些都是由于水面的反射作用，其实真正的底光在自然界是无法看见的，只有在人造光线的布设下才可能产生底光的效果。此外，底光又被称为恐怖光，有时用于表现人物性格，产生神秘古怪的气氛或令人恐怖的感觉。

光照方向在实际世界中表现较为复杂，往往多种光源和多角度的光线会同时并存，它们会相互作用与影响。拍摄时要先观察好光线，再综合利用与搭配。

## 9.2　自然光线的运用

### （1）善用正面散射光

在室外阳光下拍摄可以多选用正面光，这样所摄的图像画面效果出众。但是所有的镜头一律用正面光拍摄后就会显得单调，物体也会缺乏一定的层次。

正面的散射光可以使图像清晰明亮、色彩鲜艳夺目。

对于在户外拍摄时，可以考虑季节和日照时段选阴影处或散射光的地方进行拍摄，从而使主体或人物受光均匀且质感柔和。在一些没有把握或者应急的拍摄现场，拍摄者可以直接使用正面光或散射光的效果拍摄，以降低失误率。在有条件的情况下，可以多人合作或事先策划后拍摄，尽量选择多种光线搭配使用，保证影像的艺术感染力。

### （2）巧用逆光线

后侧光和逆光能勾画轮廓，营造玲珑剔透的感觉。用后侧光拍摄水面景物，能使水波增强质感或粼粼波光产生闪烁的效果。

用逆光拍摄少女，服装纱裙晶莹透亮，更显得妩媚典雅、楚楚动人。同样在各类电视广告中，无论拍摄食品或是化妆品这些小物件，还是汽车或是衣物这些大部

逆光有时会产生一定的眩光效果，需要在拍摄时谨慎把握。

良好的逆光可以使主体产生立体的视觉效果。

件，拍摄导演大多会采用逆光为主光源，辅以其他各类光线的配合。

这里必须指出逆光拍摄可能产生眩光，破坏画面表现效果。我们需要在各类拍摄时予以注意，一般可采用提升光源高度的方法来避免镜头冲光等。有时为了创作的需要，可以人为制造眩光，使画面呈现斑斓绮丽的光束。但要切记，选择拍摄视点应当借助景物遮挡或局部遮挡光源，以确保镜头免受冲光。在实际的各类拍摄中绝对禁止直接对准太阳拍摄，以防止损坏摄像机的内部感光元件。

### （3）慎用室内自然光

室内自然光拍摄，由于光源来自室外，阳光受到建筑物的门窗、孔洞和地面、墙壁或家具等多种因素的影响，形成直射或漫反射，光照情况要显得复杂许多。随着离门窗距离增加，不但光线亮度迅速衰减，而且色温也会因环境而变化。这时应当以人物面部亮度为曝光标准，采用手动方式拍摄，而且万万不可忽视色温变化，防止人物呈现颜色的变化。

## 9.3 人工光线的运用

摄像用光在电视创作中既具有技术性，又具有艺术性。从技术层面上说，用光是满足光线照射在物体上的亮度为目的；而更重要的是在于用光对形象、场景进行塑造和描绘，表现特定的艺术效果。

用各种灯具照明，使场景获得足够的亮度，再现现实生活中的光线效果。通过艺术性的精致布光，完成对人物形象的塑造。如果拍摄条件允许应根据所表现的内容及艺术创作的需要，用专门的灯光器材，以多种灯具、多个光源的照明方法来拍摄。逐步学会用光造型，根据拍摄内容巧妙用光，是摄像师为拍摄增添艺术效果的一项技术辅助手段。

### （1）照明灯具

专业照明灯具大致分为聚光灯系列、散光灯系列和回光灯系列。一般说来，最常用的摄像照明灯具是新闻灯，它的色温为3200K。

散光灯。

聚光灯。

图中的主光可以认为是前侧光。主光具有塑造的作用，又称塑形光。

图中的主光可以视为侧逆光，除了侧逆光外的各种辅助光线弥补了主光的不足。

数字摄像技艺教程

中人物发髻周围的光线是典型的轮廓光效果，使得主体有效地与背景分开来。

图中的背景光是由人物身后大量的外设光源所形成的。

眼神光是光线中专门用来修饰眼神的特殊光线，起到了画龙点睛的作用。

- 聚光灯

聚光灯光线以接近平行光的形式照射，光照均匀又比较柔和，并可以通过调节或发散或汇聚光线，同时对投射范围进行控制。聚光灯的光线能较好地表现主体的轮廓和质感。聚光灯稳定性好，也是摄像照明的主要光源，在演播室使用较多。聚光灯的缺点是较为笨重，价格昂贵，布光复杂。

- 散光灯

散光灯光线经过反光碗后形成散射效果，阴影并不浓重。散光灯光线表现的影调丰富，适合作为辅助光或场景基本光。常用的新闻灯或便携式蓄电池电瓶灯就属于散光灯系列。新闻灯的特点灵活轻便，缺点是灯管寿命短，有时不够稳定。现在有大型冷光源灯出现，较好地替代了一部分新闻灯的功能，拍摄者可以购置尝试。

- 回光灯

回光灯光线较硬，因距离而衰减变化较小，常被用于模拟太阳以及制造物体的投影等效果。较常用于舞台、电视、电影照明等，它一般采用组合式金属反射装置器，将光线投程到一定距离内，可以较好地突出人和景物的轮廓效果。

回光灯。

一般还分成中程回光灯和近程回光灯两种型号。回光灯前面无镜片，光线完全靠后面较大的反射镜射出，用同样照度的灯泡，其亮度可以较普通聚光灯要亮，在实际场景中表现强烈光源和亮度时使用。

### （2）人工光线

根据光线在画面造型中的不同作用，通常把人工的造型光分为主光、辅助光、环境光、轮廓光、眼神光、修饰光等。

- 主光

主光又称为塑形光，是塑造人物形象的主要光线。它直接影响到被摄主体的外在形态和内在性格，以及画面的基调和风格。

基本作用：介绍场景、表现环境；描绘主体的形状和质感，塑造人

光比是各种光源之间的亮度之比，我们可以通过光比来塑造主体的外形。

高调的影片画面。

硬调的画面效果。

物形象，刻画人物性格；构成画面的影调效果。

实际运用：主光与其他光线的配合，表现空间层次。

- 辅助光

辅助光又称为副光、辅光，是帮助主光造型、弥补主光不足、平衡画面亮度的光线。辅助光一般是无阴影的软光。

基本作用：减弱主光产生的阴影，表现物体的暗部结构；帮助主光塑造人物形象、刻画人物性格；起到调整场景影调、均衡场景亮度的作用。

实际运用：在布光时辅助光必须以主光为基准，不能超过主光，不能干扰主光的光效。

- 轮廓光

轮廓光是在被摄主体后上方照射，使主体边缘产生明亮轮廓的光线。

基本作用：勾画和突显主体富有表现力的轮廓；利用明亮的轮廓线条突出主体，拉开主体与环境背景的距离；产生一定的空间深度，表现出空间层次感。

实际运用：轮廓光的亮度可以超过主光，但应当注意轮廓光的照射角度，不能破坏主光光效。

- 背景光

背景光又叫环境光，是专门用来照明环境背景的光线。

基本作用：照亮背景，表现场景内容和空间结构；控制环境影调，形成与主体影调的差别；表现具有特点意义的背景环境，起到烘托主体的作用。

实际运用：背景光必须简洁，不能出现复杂光效和过多阴影，不得影响主光效果。

- 修饰光

修饰光是指用以修饰被摄主体或场景中某些局部，弥补主光和其他光线的不足或突出细节的光线。

基本作用：修饰和突出主体或场景的局部，使画面更加悦目；有突出细部造型特征、调整画面反差等作用。

实际运用：不能显露出人为痕迹，注意布光的逻辑性。

- 眼神光

严格说来，眼神光是修饰光的一种，是专门用于体现人物眼神的特殊光线。

基本作用：使人物目光有神、明亮，

低调的影片画面。

软调的画面效果。

冷色调的画面效果。

暖色调的画面效果。

显得更有精神活力。

实际运用：仅在特写或近景时才有明显效果，不要滥用；避免出现过多光斑，使人物眼神反而涣散；控制照射角度和范围，防止影响整体效果。

### （3）光比与影调

#### ● 光比

光比是指各种光源之间的亮度比，或一个物体的亮部与暗部间所受光的照度比。光比是造型的有效手段。光比大，造型效果强烈；光比小，造型效果柔和。

一般说来，反映欢快场面、刻画刚强性格、表现力度感，应当用大光比；反映柔和性格或妇女儿童的特写时，宜用小光比；为弥补缺陷增加美感，在表现人物时，用大光比表现胖脸型的人也许能使他显得略瘦些；用小光比表现瘦脸型的人有可能使其显得稍胖些。

光比对画面影调有直接的影响：光比大，反差大，影调强硬；反之，光比小，反差小，影调平淡。摄像布光，光比不能太大，通常掌握在1：2至1：4之间。

#### ● 影调

影调是指画面表现出来的明暗关系，在画面构图和造型表现方面具有十分重要的意义。通过对画面影调的设计和控制，可以创造出悦目的视觉形象形成或刚或柔、或明快或压抑的画面气氛，形成特定的情绪基调。

在电视画面中，一般将明暗关系简化成五级：黑、深灰、中灰、浅灰、白。这种黑白灰的安排决定了画面影调。

从整体的视觉形态分析，一部完整的作品应该具有主影调，尤其是画面的整体明暗感觉。画面整体影调实质上构成了视觉基调，对人的视觉和心理都可以产生很大的影响。

高调、低调、中间调

从画面明暗分布上定义，整体影调可分为高调、低调以及中间调。

高调，又叫亮调。高调画面中大部分面积呈现出较高的亮度，暗部面积较小。高调给人以明快、活泼等感觉。通常选择色彩较淡的物体和明亮的背景并采用正面布光的方法，尽量减少投影。用少量的深

三点式布光的俯视光位图。

图中从上而下，以此为主光效果、辅助光效果、背景光效果，以及最后三者合成的总体效果。

在黑背景下的三点式灯光的画面效果。

在好莱坞黄金时期典型的三点式灯光下的人物造型。

色调作对比映衬，以强化高调画面表现力度。

低调，又叫暗调。低调画面中大部分面积呈现出较暗的深色，亮部面积较小。低调给人以凝重、肃穆等感觉。选择暗背景、深色调景物和低照度的照明，同时也应有少量的亮色调作对比衬托，使画面显得富有生气。

中间调，又称灰色调。中间调画面明暗关系均衡，过渡层次丰富。灰色调适宜表现景物的立体形状和表面质感，符合人们观察的一般印象。摄像作品多以中间调为主，拍摄时须注意准确曝光。图为介于高调与低调之间的影片画面效果。

硬调、软调、中间调

从画面明暗对比上区分，整体影调有硬调、软调的不同，介于两者之间的也称中间调。硬调画面中间层次少，明暗差别显著、对比强烈，给人以粗犷、有力的感觉。硬调画面有利于表现质感强烈的物体和男子汉形象，但画面细部易失去质感。

软调画面中缺少最亮部和最暗部，画面大部分面积是以各种层次的灰度进行明暗表现。软调对比弱，反差小，给人以柔和、细腻的感觉。软调画面通常表现儿童、妇女人像以及表面质感柔细的物体。

中间调画面过渡平滑、反差适中，各种明暗关系均得以较好表现，是最常用的影调。

冷色调、暖色调、中性色调

色彩在人的视觉和心理上诱发了温度的感觉，因此画面整体影调还有冷色调、暖色调和温色调之别。色彩的温度感觉又与人们的生活经验相关，此当另作分析。

### (4) 三点式布光

三点式布光包括对主光、辅助光和轮廓光的处理。这三种光分别承担着不同的造型任务，共同实现完整的照明光线效果。三点式布光是对人物照明的基本方法之一。

● 主光

主光是主要塑形光，位置一般在人物的侧前方。主光的具体位置因表现内容的需要而不同，通常又可分为：正常主光照明、宽光照明和窄光照明。

正常主光照明时，主光位置在人物与摄像机水平或垂直面呈30～60度的空间范围内。被摄对象的面部特征、影调等表现正常，容易被观众接受。一般正常主光照明是最常用的照明形式。

宽光照明，主光位置在人物侧前方与摄像机小于30度的范围内且高度较低。对象正面被照射的面积增多阴影减少，有利于加宽狭窄的脸型，表现柔和的面部层次。但宽光照明质感表现较弱。

窄光照明，主光位置在人物侧前方与摄像机呈60～90度角，高度较高。窄光照明产生大面积的阴影，从而形成明显的亮暗对比，有利于突出人物脸部立体感和质感。窄光照明应防止出现阴阳脸，注意辅助光的配合运用，以获得较好的整体效果。

● 辅助光

辅助光的位置角度根据对人物的造型要求和艺术效果而定，一般与主光相反，在摄像机的另一侧约30度左右，高度较低。

由于主光造成的阴影，凡摄像机镜头所能见到的，均应由辅助光来照亮并恰如其分地调整其浓度和过渡层次。主光与辅助光的强度不同产生不同的影调效果：光比大，即辅助光甚弱于主光，则人物面部阴影较重，立体感强，多表现为低调、硬调效果；光比小，则画面阴影较淡，立体感弱，呈现高调、软调效果。

人物面部光比不宜过大，一般亮部与暗部相差1.5到2级光圈为妥，且人物光应比环境光处理得更亮些，以利于更好地突出人物。

● 轮廓光

轮廓光是在主体人物背后照射的逆光，灯具一般是聚光灯。轮廓光光线性质较硬，其强度可以接近或大于主光。

轮廓光照射角度的安排十分重要，根据现场实际情况作选择，避免形成顶光效果，更要防止造成摄像机镜头眩光而破坏拍摄效果。

综上所述，灯光照明是一门专业研究。在大型拍摄中，通常会交给舞美设计或灯光师来共同完成。但摄像师也应当有所了解，在没有灯光师的情况下能自己动手布置并保障正确使用。摄像布光，一般要求均匀平衡。室内拍摄如果只有一个灯光照明，除用正面光以外，可将灯光照射屋顶或墙壁，形成漫反射的散射光线。由于散射光柔和细绵，只增加亮度，而不会特别增加光线方向，初学者可以大胆放心地使用，确保影像的成功拍摄。

色相是颜色的区别和差异，简单来说就是颜色还原准确。

## 9.4　色彩的特性

色彩的物理概念是由于白色光照射到物体表面，经过物体的吸收和反射而呈现出来的不同视觉感受。色彩是画面的重要构成元素，不仅是对现实世界进行描绘的一种手段，而且是对内心世界揭示和表现的重要工具。

（1）色彩之要素

色相、亮度和纯度是色彩的三要素，它们是决定画面色彩的关键因素。

● 色相

亮度是颜色明暗的深浅程度，所谓同种颜色中的深色或浅色之意。

纯度是颜色浓艳清淡的程度，一般人们更倾向于高纯度的颜色。

色相又称色度、色别，是由于物体吸收和反射色光能力不同而呈现出不同色彩的视觉效果，主要以此区别色彩的明暗、深浅。色相是颜色最明显的特征，也是色彩间最主要的差别。各种色彩都有其一定的色相，如红、绿、蓝、黄、橘黄、品红、紫红等等。红、橙、黄、绿、青、蓝、紫七色光来源于白色日光的分解，它们相互间不同组合形成了不同的颜色特征。红、绿、蓝为光的三原色；红、绿、蓝的互补色分别为：青、品红、黄。

辨别色彩的色相差别需通过观察和比较，特别是类似色其间之细微差别只有通过仔细比较才能分辨。

颜色纯度的高低应与影片的整体风格相匹配。图均为《埃及艳后》中的画面。

● 亮度

亮度又叫明度，是指色彩的明暗深浅程度。它有两层含义，一是指同一种颜色由于受光和反光强弱的不同作用而形成的明暗程度。例如红色有大红、深红和暗红等色彩变化。二是针对不同的色彩而言也可以体现亮度的差异。在红、橙、黄、绿、青、蓝、紫七种颜色中，黄色最亮，蓝色较暗，其他几种颜色的亮度也都表现出明暗的阶梯变化。影响亮度的因素有物体的反光率、透光率、表面结构以及光线照度等。

在实际拍摄时不仅要考虑色别的差异，还要考虑色彩的亮度关系，做到既有色彩的变化，又有因色彩亮度关系而表现出的影调层次的变化。专业摄像机的寻像器是黑白的，摄像师以此来判断和表现色彩亮度关系。应力求利用差别适中的色彩亮度，获得较好的画面效果和影调层次。

固有色是物体本身的自带物理颜色，比如人物的肤质色。

● 纯度

纯度也称色彩饱和度，是指色彩的纯净饱和程度或色彩的鲜艳程度。在色彩中包含的黑、白、灰成分越多，色彩越不鲜艳越不饱和；反之，如果包含的黑、白、灰成分越少，色彩就越鲜艳越饱和。强光和弱光都会影响物体的色彩纯度。在强光照射下，物体色彩偏向光的颜色，同时色彩变淡；在弱光照射下，物体色彩变深。

两种不同颜色混合，纯度就明显变化，产生了不纯正的浑浊感觉。纯正的色彩，让人感觉鲜明、活泼，在视觉上造成较强的刺激感。在明媚阳光照射下的物体，色彩纯正鲜艳。自然环境未遭污染，空气清爽洁净，色彩纯度更高。在室内人造强光的干预下，所呈现的物体颜色艳丽夺目。比如我们在商场中所看到的有意被照亮的商品或模特等。

在实际处理色彩饱和度时，应当在再现客观色彩的基础上与整个影片的风格样式相融合，形成特殊的艺术效果。还需根据作品题材、内容对象等因素考虑色彩饱和度的创作定位。比如拍摄儿童类题材就应按其视觉生理特点和心理特点采用高纯度的色彩，营造出活泼、明快的环境氛围，可以引起儿童的观看兴趣；而采用低纯度的色彩，则往往反映出沉重、压抑的心理感觉。

### （2）固有色和条件色

#### ● 固有色

固有色是指物体在白光照射下，呈现出的相对稳定的颜色，固有色代表了物体自身本来的属性。

由于物体表面对色光的吸收与反射各有不同，形成了物体的特有色彩。在白光照射下，物体表现出来的颜色是固有色。例如，蓝色物体是将白光中的红、橙、黄、绿、青、紫六种色光基本吸收，而将蓝色光反射出来的结果。

#### ● 条件色

条件色包括光源色和环境色。

光源色

光源色是指光源本身的色彩倾向。光源色会影响物体的颜色，当不同光源照射同一物体时，会使物体产生不同的色彩变化。例如，白色物体在红光照射下呈现出红色，在绿光照射下呈现出绿色；红色物体在黄光照射下呈橙色，在蓝光照射下则接近于黑色。

光源色影响的画面效果。

同一物体在白炽灯照射下与在日光灯照射下所呈现的颜色不同。即便同为阳光照射，同一物体在清晨和中午所呈现出的颜色也会有明显差异。

光源色在色彩关系中占有支配地位，物体受光之后的色彩表现在很大程度上是由光源色决定的。

环境色

环境色是指物体所处环境的色彩。物体的色彩，一方面来自它的固有色，另一方面受到当时光源色和周围环境色的影响。物体在不同的环境色影响下，会发生不同的色彩变化。如在红墙附近，物体受墙的颜色反射而偏向红色。

环境色影响下的画面效果。

摄像师应注意环境色的干扰，留心主体原有的色彩特征是否遭受影响。一般说来，摄像要求色彩真实还原，不过也可以就此进行某种构思创作。

条件色对物体和画面色彩的影响是十分鲜明而突出的，对画面气氛的渲染也起到极大的作用，因此，在艺术创作中应将其原理为我所用作为表现手段之一。

### （3）色彩的冷暖与反差

#### ● 色彩冷暖

色彩具有能够引起人们情绪变化心理效应的属性。人们对色彩的认知和感觉中，最重要的也许就是色彩的冷暖感。

冷、暖原本属于人们日常生活中形成的温度经验。色彩的冷暖是指不同色相的色彩造成或冷或暖的不同感觉。红、绿、蓝三种颜色，在人们的视觉心理上分别诱发了暖、温、冷的感受。通常我们将红、橙、黄、绿、青、蓝、紫七色光分为三个色感区域。

冷色调包括青蓝色。冷色调往往使人联想到蓝天、冰雪等，给人以

冷色调的画面效果。

暖色调的画面效果。

庄严和安详的气氛，视觉感受是清冷沉静的；在空间和距离上，冷色调表现出收缩感、后退感，使观众与画面内容保持一定距离。

较暗的冷色调，可以表现出神秘、阴森的画面气氛；较亮的冷色调，有时用于表现科幻或时间概念。

暖色调包括红、橙色。暖色调通常使人联想到太阳与火，视觉感受是温暖热烈的，具有亲切感；在空间和距离上，暖色调表现出扩大感和前进感，能吸引观众注意。纯度较低的暖色调，可能让人产生怀旧的感觉。

暖色调如果运用得当，画面具有强烈的感染力，表现出向上的精神和饱满的情绪，给人以鼓舞与力量。

中性色调包括黄、绿色。它介于冷或暖色之间，是一种搭配色调，在日常生活中也是普通世界里最常见的色彩调性。既不突出，也不沉默。常配合冷暖色调的综合使用（图1）。

色彩的冷暖，给人以不同的心理效应。总而言之，色彩的冷暖处理是渲染气氛、表达情感的重要手段。

● 色彩反差

色彩反差是决定画面风格和视觉效果的重要因素，是形成视觉节奏的基础。色彩反差包括色相差异和明暗差别。

色相差异较容易最先被反映出来，色相接近的颜色表现出的反差小，色相差别较大的颜色表现出的反差大。例如，画面由青、蓝色调搭配，反差小，色彩柔和，视觉效果平淡、宁静；画面由红、绿色调搭配，则反差大，视觉感受强烈、有冲突感（图2）。

色彩的明暗差别，既包括同种色之间的明暗差别，又包括不同种颜色之间的明暗差别。作品明暗差别小，则画面较为平淡，层次表现不清；而作品明暗差别较大时，则画面表现得鲜明而有力度。

（4）色彩的搭配

不同组合的色彩的搭配形成了画面不同的造型特点和风格特征。

● 同种色

同种色搭配就是将有不同深浅的某种颜色放在一起，仅靠它们的纯度不同和亮度变化引起视觉的差异。同种色搭配是单一色相间的变化，不存在对比，易于协调。画面效果稳定、温和，是统一性很高的搭配。但同种色搭配画面表现不够丰富，没有对比而显得平淡（图3）。

● 类似色

光谱上相邻的颜色称为类似色，类似色搭配比同种色搭配增加了色相的变化。由于色相之间有相似因素，所以类似色搭配既调和又有变化。画面和谐统一，既具有稳定感又有一定的对比，表现出丰富而活跃的视觉效果。类似色搭配表现适中，符合人们的观察习惯，是多数作品常用的方法（图4）。

图1，图为中性色调的画面效果。

图2，图为色彩反差下的画面效果。

图4，图为类似色的画面效果。

图3，图为同种色的画面效果。

图5，图为对比色的画面效果。

图6，基调是彩色影像中始终呈现的某种色彩倾向。

● 对比色

对比色搭配是指完全不包含任何相似因素的颜色之间的搭配，往往把色别相反、纯度又较高的色彩安排在同一画面中。例如，红与绿、黄与蓝的搭配。对比色搭配能使画面色彩鲜艳夺目，表现亮丽、活泼、明快与矛盾的效果，造成强烈的视觉冲突，从而使观众产生兴奋、激动乃至欣喜的感觉。但是，对比色搭配要是处理得不好，很容易造成杂乱、炫目、刺眼的感觉，画面五颜六色让人眼花缭乱，大红大绿却显得十分俗气（图5）。

### （5）色彩的基调

● 色彩基调

色彩的基调，是指影像所表现出来的整体色彩构成的总倾向，或在一个段落中占据主导地位的色彩。通常是以一种或相近的几种色彩所形成的画面为主要色调，它使画面呈现出统一的色彩效果（图6）。

稳定的色彩基调使观众能够更好地感受到影视节目的主题和创作风格，同时使画面呈现不同的色彩感也是摄像师的任务之一。摄像师应通过色彩基调表现出稳定情绪基调和倾向，使色彩的运用与作品的主题、情境及氛围等结合起来，并以此塑造形象、烘托主题。

● 影响因素

色彩基调的设计，关键在于形成鲜明的整体风格，它主要体现在画面色彩的倾向性上。在画面造型中决定色彩基调的因素主要有：第一是场景的色彩基调，第二是人物服装的色彩基调，第三是色温造成的色彩基调。

光源色温是影响画面基调的最主要因素，也是人为掌握的主导方面，场景往往显示出光源颜色的基本特征感。

因此在实际拍摄中，我们可以通过各种手段来对色彩基调进行一定的拍摄安排。第一是对画面的整体色彩基调的安排；第二是将画面色彩形成一定的对比和呼应；第三是独立运用某类专用色彩；第四是注意镜头间的色彩衔接；最后是注意光照与色彩基调的统一，利用中性镜头作间隔过渡以避免产生色彩跳或闪的感觉等。

### ？ 思考与练习

1. 理解光的基本性质，学会在拍摄中运用和借助光线。
2. 学会并掌握自然光线的特性和拍摄效果。
3. 能够自如操作各种人工光源，并搭设符合拍摄要求的布光环境。

# Chapter 10

## 第十章 后期制作与剪辑

后期制作是对所拍摄素材的凝练和重新安排，并将之处理成有先后视觉关系，并具有一定观赏性的影像作品。其中最重要的就是两组或多组镜头的画面组接，这里的画面组接是指对镜头切分后所做的连接技艺。它不仅注重于画面语言的表达，还需理解蒙太奇理论、镜头组接的逻辑关系和视觉规则，同时还需要和一定的心理、社会、文化、政治等因素相配合，是我们影视编辑中真正的学问所在。

后期制作与剪辑反映的是各类作者对镜头综合处理的创作功力和艺术水准，是对拍摄者、编导、后期制作人员在团队合作、智慧、技术等等的综合考量。

### 10.1  剪辑概述

视频影像通过屏幕来展示画面，观众则是通过若干个镜头的连接来理解编导和拍摄者的意图、想法、观点等。屏幕规定了观看的范围和先后顺序，带有某种限制性和强制性，人们在无意中有时候需要被迫地接受镜头连接所传达的信息。

用多个镜头按作者的意图编排起来表达作品的内容，是摄像有别于摄影的显著特征之一，它不同于照片镜头语言。照片一般是以单幅的画面独立地反映其中内容；影像则由于镜头接二连三地前后排列，从而产生出新的语言含义。

比如有两组镜头：第一是一个可爱的少女，第二是一朵美丽的小花。我们先后看这两张照片，感觉它们分别是各自独立的，而且在没有特定情形下一般不会把两者联系起来解读。而影像则不然，当我们在屏幕上依次看到这两个镜头时，我们对它的理解也许是：姑娘如花般美丽，同时由于前后关系也会产生不同的含义。比如花镜头在前，少女镜头在后的话，我们会理解为花送给了姑娘或花是姑娘的等等。

这是影像镜头语言的一个显著特点，也是我们剪辑的一个重要理论支撑。画面由于组接而形成它们相互之间的某些

剪辑最初就是对拍摄的电影胶片进行剪切和编辑的过程。

逻辑关系，从而生发出精彩纷呈的镜头语言。

## （1）剪辑的步骤

画面的剪辑基于切分镜头而展开的。没有切分好的镜头自然就谈不上组接镜头画面。只要拍摄两个以上的镜头后，我们就可以进行一定的组接工作，不过有些人是下意识地介入，而有些人则是有意识地参与。这个区别其实很简单，即经过前期思考后的是比较有意识的拍摄和剪辑，而下意识的介入或许在开拍前没有做好充分的事前准备。

后期编辑室，具有大型电脑和各种设备。

实际上在整个影片制作过程中，有两个时期是进行画面组接活动的。第一在拍摄过程中，现场镜头的切换实质上就是在进行画面的初步剪辑；第二在拍摄后期进行，这是我们最熟悉的剪辑概念。对于画面剪辑来说，这两步同样都十分重要。

在后期进行的组接通常称后期编辑、剪辑。一般的后期剪辑由编导和后期技术人员共同负责完成，但是摄像师很有必要参与本人相关片子的后期编辑。如果摄像师自己能够做一定的剪辑，同时会操作编辑设备和相关软件，就能更好地制作影像作品，同时也能从后期的大角度上对拍摄有更新的认识。当然，在各类分工中摄像师只承担一部分的影片剪辑工作，一些特殊的影像效果仍需借助其他技术人员的帮助才能完成。

● 现场编辑

摄像师在拍摄过程中进行镜头组接，不仅是重要的一环，而且具有一定的难度。只有了解后期的高水平，摄像师才能运用自如。立足于不做后期编辑在拍摄现场就考虑到镜头的组接，把拍摄本身作为编辑过程。后期编辑工作前移到第一时间在拍摄时完成，有人称此为现场编辑法或实时编辑法，也叫无编辑拍摄法。

这是一种融入编辑要求的拍摄技法，有人认为这或许是摄像的一种较高境界。若要做到拍摄现场镜头组接恰到好处，显然有相当的难度，也决非轻而易举的事。比如早期和成熟期的很多电影作品其实就是拍好即成的影片，但是这有着电影的特殊性，电影导演不仅可以精心筹划几年，同时还可以请动画师绘制分镜头画本，其道理与拍摄现场一致，因此可以一气呵成也就不足为怪。

事实上，在普通拍摄时往往限于现场条件、时间紧迫乃至创作意图等原因镜头难以完全称心如意，因而素材片不可能十全十美。但如果能做到原始素材看起来就大致顺畅，镜头内容规范连贯也就是基本合格的画面。

● 后期编辑

当我们拍摄好进行后期剪辑时，我们可以一遍遍地观看画面，反复推敲斟酌，通过深思熟虑后确定镜头的长短、删留以及作必要的特技处理等。这样一来，看上去对先期拍摄减小了不少压力，但其实反过来对摄像师在现场拍摄提出了很多苛刻的要求。初学者常常会在后期制作时后悔少拍了一点或是错过了一点的感慨，其实和前期拍摄的优劣、多少有着十分密切的关系。一般说来，摄像师只需确保镜头的到位，同时做到有片段和时机恰当就算是初步合格，如再考虑拍摄现场的顺序安排则会更佳。

后期编辑属于二度创作。有人说有些片子是靠剪出来的，这话虽然有些夸张，从特定角度来看自然也有其道理，它强调了编辑工作在整部影片制作中的重要性。但这并非意味着摄像师可以不必懂得编辑的理念，如果不明白或不考虑到镜头剪辑的要求，拍摄的本领也不过硬的话，那么即使到了后期恐怕也无济于事。

初学摄像很难通过无编辑拍摄法一步到位。只有到后期才可能有充裕的时间让我们潜心构思来完成艺术加工。这就充分彰显出后期剪辑的必要性，只有通过一定的后期剪辑才能使影像作品更加完美，也只有通过后期我们才能让作品登堂入室。

### （2）后期编辑方式
后期编辑的方式分为两大类型，线性编辑和非线性编辑。

● 线性编辑

线性编辑，也叫对编，是从模拟时代一直沿用至今的一种办法，也是传统的编辑手法。这种编辑方式，就是把前期拍摄的影像内容按编排的要求由放像机转录到录像机中去。具体是先对放机磁带中的画面作出选择、剪辑、处理并依次排列在录机的磁带上。

线性编辑有组合编辑和插入编辑两种形式。

组合编辑时，录像带上视频、音频，包括控制信号等所有内容，全部重新录制，原有信息完全被清除。

插入编辑分为视频插入和音频复制两种。视频插入(Video Insert)是以新的视频画面取代原有的视频，而保留其音频及控制信号的方法；音频复制(Audio Dub)是保留原来的视频及控制信号，而改变其音频的方法。

线性编辑的排列顺序是线性的。当排列结果完成以后，不能对所安排的镜头作删除或增添，只能等量或同等时间长度的替换，也不能更改排列顺序，因而对编方式有较大局限性，有诸多不便。况且它通过磁带转换，凡经过一次编辑信号必定有损失，一般认为信号损失约20%，图像质量、清晰度、色彩等也会变得更差一些。目前情况下正在逐渐淘汰中，同时一般也只有专业机构才会购入线性编辑器材，因此普及和使用率并不太高。

图为现代非编软件的电脑界面，各种操作一目了然。

● 非线性编辑

非线性编辑，简称非编，是上世纪末随计算机技术发展而出现的一种全新技术。它是电视与电脑相结合的产物，也是电视数字化最显著的标志之一。现在的后期编辑基本上都采用非编技术。

非线性编辑系统采用数字压缩技术把视音频信号存于电脑硬盘内，由电脑读取其中任意一帧画面，并对它作出处理。非编的处理方式是：把摄制的原始素材采集（模拟信号进行模/数转换）输入电脑，然后用编辑软件在电脑中进行选择、剪辑、修改、复制、移动并根据需要作出排列组合和相应的各类特效。这种排列是虚拟的、非实时的，我们可以对它任意增、删、换、改，也不会造成图像质量的下降。

如今非编系统不仅小型化，而且功能也更加齐全，集录、编、音、字、图等多种设备于一台计算机中。新型编辑软件品种繁多，各种特技处理形式更是花样百出。只要你借助软件的一定操作加上一定预期设想，画面可以随意按需处理，也完全可以随心所欲地发挥。比如在各类卫视宣传片中，我们常可以见到各种对电视台标志的动态演示，这就是后期软件制作的成果。

如今的新型摄像机改用光盘、硬盘或存储卡作为记录载体，甚至连录像磁带也舍弃不用，表明着数字化的又一次跨越。视音频数据可以连接电脑，直接进行处理，省去了素材内容由录像带一边播放一边往电脑中采集的环节。既节省时间，又保证质量。它避免了因磁带物理原因而引出的麻烦，诸如磁带损伤、拉毛或旧磁带本身图像质量下降等因素，导致画面效果受到影响。新型记录载体能够确保拍摄图像的品质保障，但我们要在使用时注意数据的保存和复制，严禁对未曾备份的文件进行后期操作。

非编相对于传统的对编，它最大的优势在于镜头的排列组合是非线性的，完全摆脱对编排列的限制。传统对编若要在原有排列中删除某镜头，必须补入相等时间长度的镜头；若要添加某镜头，必定覆盖相同时长的镜头，添加实际上便成了替换。而非编则可任意删除或增添，原有的排列顺序会自动作相应调整：或向前靠拢，或往后顺延。

非编给我们引进层的概念，编辑软件界面有多条视频轨。一般允许有99条，事实上用不到那么多；同时还带来了时间线、关键帧和不透明度等等相关理念。在此理念指导下，随着时间线的流动，可以显现多层视频图像效果。

## 10.2 蒙太奇理论

蒙太奇是法文 MONTAGE 的音译，本来是用在建筑学中，意为安装、装配、构成、组合等。后来用于电影、电视的后期剪辑中，表示两个或多组镜头组接的专门技巧和艺术方法；蒙太奇也可以理解为编排的理念。简单地说，蒙太奇就是画面组接的一种专门知识。

最早蒙太奇理论被苏联电影工作者引入，并在他们的电影作品中加以研究和深入，成为了电影史上十分著名的蒙太奇学派。其中导演库里肖夫、爱森斯坦和普多夫金等相继探讨并总结了蒙太奇的规律与理论，使其成为了画面剪辑中的一个专门学科。后世的诸多导演和编辑在他们的基础上不断创新和发展，使我们能够看到如此蔚为壮观的活动视觉图景。可以说，蒙太奇理论从视觉影像的根本上推动了整个电影的向

蒙太奇的核心就是对画面进行组接，
并产生一定的含义。

前发展。

从一个更加宏观的角度来看，无论画面编辑的理念、镜头组接的规则，还是蒙太奇编辑的方法等等，它们都是使用某种特定技巧对影视画面进行组接的手段。

## （1）画面编辑

画面编辑与组接是一项专门的技巧。它从表面看涉及技术问题，但是从深层看涉及观众的心理、拍摄者的综合修养，以及制作者的情趣、文化、政治等诸多因素。那么对于画面编辑来说，它有着以下几个基本的特点。

首先，画面编辑的过程是一个构思创作的过程。如同撰写文章一样，镜头与镜头由于组接而关联。这种关联因内容和创作的原因而构成并列、条件、转折等画面的语法关系。

其次是形成逻辑关系。两个镜头组接决不是简单的一加一等于二，而是一个创造化的过程，它产生的是新的画面语言。一个个镜头并非孤立的个体，由于它们相互的连接而产生内在的联系，从而形成画面语言的逻辑关系。比如整体与个体、矛盾或对立等关系。

此外，画面的编辑还产生修辞效果。镜头与镜头的组接由于逻辑思维的关联推理，使画面表述的意义产生类似于文学作品的修辞效果，如比喻、反复等等。

最后是表达一些特定的含义。利用镜头之间的组接技巧来表达某些特定含义，从而反映作品的主题，传达作者的意图，是影视艺术特有的创作手段。这种画面组接的技巧，一般囊括来说就是我们所指的蒙太奇。但蒙太奇并非剪辑的所有，它是一种经过提炼的、受到人们研究和使用的剪辑手段。从某种意义上说，剪辑和蒙太奇的分野比我们想象的还要小些。

## （2）蒙太奇的核心

蒙太奇编辑的核心是，镜头组接须按一定的规律进行，把若干不同的镜头、分镜头或镜头组由作者按既定的创作意图排列组合起来，表示某种特殊的意思，巧妙地反映画面内涵从而表达作品主题。这是蒙太奇剪辑的根本理念。镜头排列组合是通过编辑设备来完成的，熟练地操作编辑设备，使用非编软件是十分重要的，然而这绝不等同于就懂得编辑理念。对编辑设备操作是硬件，最终结果是能不能把镜头接起来，这是属于会不会的问题；而画面组接的原则是软件，是脑子里的认识和想法，解决的是该不该把这两个镜头接起来，接得对不对、好不好乃至是否够得上巧妙的问题。前者重技术，后者重理念，属于不同层面的两个问题。

在现在的环境中，理念往往不为人所重视。殊不知这恰恰体现影视

著名蒙太奇镜头《敖德萨阶梯》中的
画面。

编导的创作思想，是编辑艺术中真谛所在。我们认为，影像编辑的灵魂就在于如何更好地掌握蒙太奇的编辑理念。

### （3）蒙太奇的分类

蒙太奇理论是一门复杂、深奥的学问，电影大师、学者们研究著述浩如烟海。本节所述仅仅为最基本的蒙太奇编辑原理，属于十分浅显的一般规律，以及对技术层面的初步要求。大致上，我们可以把蒙太奇组接原则分为：叙述性蒙太奇、表现性蒙太奇、主题蒙太奇和镜头内部蒙太奇四大类。

《公民凯恩》中应用了很多镜头内部蒙太奇的手法，堪为经典。

- 叙述性蒙太奇

叙述性蒙太奇，其主要作用是连贯剧情，保证所叙述的故事连续、贯通、完整。其叙述方法大致有：连续式，即顺叙；颠倒式，即倒叙；平行交叉式，即并列、对照、错综；复现式，即插叙、反复；积累式，即排比、衬托共五种。

我们理解文字的叙述概念，就能理解画面叙述蒙太奇的概念。使用镜头表达一种简单关系，用以说清一件事情或一个故事。

- 表现性蒙太奇

表现性蒙太奇，其基本功能是发挥修辞作用，使作品给人们带来艺术享受。其表现形式主要有：对比式，包含类比；隐喻式，包含暗示；抒情式，包含映衬借景抒情；联想式，包含意识流想象；心理式，包含内心独白共五种。

它相当于我们文字表达中的修辞作用，即使用镜头前后关联的办法，用以表达一种修饰的功能。

- 主题蒙太奇

主题蒙太奇，镜头组接并不要求故事情节的连贯性，着力在画面内涵的思想意义，通常多采用象征、映衬、比拟、反复等艺术手法来强调某特定的主题，突显其思想性功能。很多宣传片拍摄时，会常采用此法。

- 镜头内部蒙太奇

镜头内部蒙太奇，简单说就是一个长时间的运动镜头，其中精心设计了若干巧妙的转场，形成了未经切断的镜头组接，也被称做无技巧转场。

无技巧转场对摄像师拍摄水平的要求极高，重在安排镜头运动的路径和设计转场方式，技艺必须娴熟精湛。在拍摄中根据内容、情节和情绪的变化，改变角度距离且调整景别和聚焦，用一个不间断镜头完成所担负的任务。这就需要克服诸如场地、演员、灯光乃至机位调度等困难，利用巧妙的转场使影片看上去一气呵成。我们一般也认为这种被称为蒙太奇的方式与场面调度有着密切的关系，它在后期被引入法国新浪

电影《绳索》的剧照。

潮电影中大量使用。可以说，在这点上法国新浪潮的长镜头理论似乎与蒙太奇有着一定的模糊地带，这是一个双方似乎都无法廓清的领域。但如果严格地说，镜头内部蒙太奇就是被调度周全的长镜头。

这里我们无意深入讨论理论的边界，而是学习这种杰出的方法。镜头内部蒙太奇后来被商业电影大量地使用，获得了很大的成功。这不仅是商业电影需要如此的场面调度，更是体现商业电影精致、完美和大场面的要求。其中早期美国电影中奥逊·威尔斯的《公民凯恩》等是其杰出的佳作。

享誉世界的电影大师希区柯克也曾采用无技巧转场的方式拍摄电影《绳索》，共用八本电影胶片，每本胶片大约为十分钟，当时拍摄中途不停机换片。在影片中利用人物背后遮挡进行转场，用场景中的静物、门、木箱盖等物件来转场，一个长镜头连续把一本胶片用完。该片在无技巧转场方式及长镜头运用方面堪称经典范例。

## 10.3　影像的叙事

影视画面之间的承接性和延续性由后期所进行的画面剪辑来完成，组接顺序体现在前后镜头内容的连贯和逻辑的合理。

### （1）叙述的逻辑

正如我们说话不能颠三倒四，写文章叙述某一件事情要求条理清楚。同样，摄像画面用镜头语言叙事也应当有先有后才会顺理成章。事物发展有一定的规律，人的活动也有一定的顺序，严格遵循规律按照叙述顺序来安排镜头合乎人们的逻辑思维规律，这就必须注意组接顺序。

● 字词顺序的变化

好莱坞电影有着很强的叙述技巧和风格。

说话、写文章用字、词、句，字词顺序的改变可能引起句子意思的变化。例如：不可随处小便——小处不可随便；屡战屡败——屡败屡战。以上经典的例证说明了词序的重要性，它能导致表述意思的根本变化。

字词顺序的变化也可能改变句子原来主体，表达的意思也变了。例如：跑马伤人——马跑伤人；你不理财——财不理你。

词序变化还可能造成"程度"的不同，例如：不怕辣——辣不怕——怕不辣。三者对"辣"的接受程度是有差异的。

语言的词序改变导致表述的逻辑意义变化，真是妙趣横生、耐人寻味。

● 画面顺序的变化

镜头组接顺序的变化同样也会造成画面语言逻辑关系的变化。例如以下三个镜头：

镜头1 （全景） 花园里蝴蝶飞舞

镜头2 （中景） 小朋友扑向前捕捉蝴蝶

镜头3 （特写） 扑在草地上的手

如果按1、2、3的顺序组接，表示小朋友捕捉到蝴蝶；而如果按2、3、1的顺序组接，表示蝴蝶没捉到，飞走了。

### （2）叙述的要领

在叙述时，我们可以按以下几种方式来讲清某个事件的前后顺序：

第一可按故事情节的发展变化来组接镜头；

第二可按观察事物的视觉规律来组接镜头；

第三可按事物内容的主次关系来组接镜头；

第四可按人物动作的先后次序来组接镜头；

第五可按表达效果的特殊要求来组接镜头。

### （3）叙述的规律

● 空间顺序

画面框架对被摄主体不同范围大小的界定所形成的景别，引导观众的视觉注意力集中到摄像师需要表现的人物或某个局部，由此而推动情节的发展。人们观察事物的空间先后顺序一般总是从远到近，由整体到局部，画面组接这样安排也就先后顺序分明，叙述流畅。

从远景到中景、近景、特写的镜头变化所组成的蒙太奇句式称为前进式蒙太奇，这种句式可以把观众的注意力约束到场景局部或主体上，具有步步深入和逐渐强化的表现效果。

反之，从特写、近景到中景、远景的镜头变化所组成的蒙太奇句式称为后退式蒙太奇。这种句式可以把观众的注意力从局部或主体引导到整个场景环境中，用来表现那种言有尽而意无穷的情感。

影像可以通过空间的转换达到叙述逻辑的完成。

● 时间顺序与错时组接

因为画面不仅有再现时间的功能而且具有创造时间的功能，通过组接可以对时间进行压缩或扩展创造出镜头时间，用以介绍故事的起因、发生、发展变化及其结果。

经组接的画面影像反映事件情节的发展变化的脉络，让人们确信所看到的一切是真实的，其核心在于事件本身。镜头按情节的需求安排就符合逻辑规律性，因而可以采用错时组接的方法表现事件进展和人物活动。

比如以下镜头：学校操场上孩子们在打篮球，其中一人投篮，后一镜头是篮球投中进圈。我们一般会确信进的

同样影像可以再造时间和巧用时间。

观看讲究视觉的叙述规则和方法，正如写作的语法一样。

球就是刚才那个孩子所投的，其实这两个镜头完全可以通过错时组接的方法来实现。换句话说，中圈的球不是刚才投的那一球，也可能不是那个孩子投的，甚至于那篮圈也未必就是这个操场上的。

掌握错时组接的方法对画面组接特别重要，这实际上是运用蒙太奇艺术技巧的基本原理，为我们开拓逻辑思维提供无限自由度。比如有些反应镜头、空镜头就可提前或后补拍摄，只要与事件情节本身说得通，逻辑上合理，便可用来插入组接。例如在采访当事人讲完后，再拍全景镜头或记者的反应镜头等等，大家可以在实践中加以发挥。

#### （4）视觉规则

屏幕规定了人们观看的范围带有一定强制性，先后出现的一个一个镜头应当符合人眼观察的习惯。这就要求画面组接合乎视觉规则，不但要保证情节内容的连续性，而且应当讲究视觉效果流畅性。

换言之，镜头编排不仅要考虑故事情节连贯，还须确保观众眼睛得以舒适；既要内容上说得通，逻辑思维合理，还要让人眼睛看得顺，于视觉规则又是合乎法度的。著名的传播学大师麦克卢汉曾说，媒介对观众犹如按摩。这是一种触觉上的按摩方式，所以视觉的这种按摩就需要依赖剪辑的协助和帮忙，以此使人产生愉悦和享受。

## 10.4 剪辑与节奏

节奏是指在音乐中交替出现的具有规律的强弱、长短现象。它本是音乐中的术语。在影视片中，节奏主要凭借运动、景别等视觉表现有序地组合而成。节奏有强烈的感染力，它对影像片的基调、结构及风格的形成和体现具有很大的作用。

节奏是影片看不见的一只大手，很显然这是一部具有紧张情节的电影画面。

一般说来，节奏有快慢、强弱之别。在各类艺术作品中，我们将节奏引申为自然界或艺术作品中因运动而产生的丰富变化，它包括高度、宽度、深度、时间等多维空间内的有规律或无规律的阶段性变化等等，是一种可以被认知的运动现象。通过这样的认识，我们大大扩展了节奏的定义。由于影像本身具有很强的运动属性，因此如何在这样的运动中展现某种规律或把握某种规律是制作者应该掌握的技能之一。

#### （1）节奏的内容

节奏属于整个影视作品中的一个元素，它贯穿于作品的始终。节奏直接影响作品内容的传达效果，它是影视作品不可忽视的重要组成部分，并占据相当高的地位。

节奏也是作品成功与否的一个重要因素。我们对一部作品的几个主要因素作了这样形象化的比喻。主题是灵魂，结构是骨架，材料是血肉，而节奏则是气息。

气息不可或缺，作品必须有气，节奏贯通其间，断然不可小视。因此，节奏是构成一部影视作品十分重要的部分。节奏与作品的其他诸因素浑然一体成为叙事和抒情的有机组成部分，共同来展现作品的主题，

通常音乐片的节奏速度都较快。

上升为美学意义上的主观表意和情绪感受。

### （2）节奏的类型

节奏为作品的主题服务，节奏必须符合题材的要求。摄像作品的创作题材多种多样，从大的类型上可分为两大类：社会生活内容的题材和自然界内容的题材。

不同题材的作品有不同的要求。社会生活内容的题材作品要求具有时代性、形象性；自然界内容的题材作品要求具有知识性、寓意性、欣赏性。

What's the secret of speed?

Ask the master.

NIKE

广告的画面节奏较之音乐片来说则更加快捷。

不同题材的作品，按其具体内容和创作意图的不同，对作品的节奏也有不同的要求。一般说来，表现自然界内容的题材作品的节奏可以舒缓一些；表现社会生活内容的题材作品的节奏就应当以平和的中速行进，有时甚至也可以略快一些。

采用描写抒情手法的作品，如风光片电视散文等，其节奏多为比较缓慢而平静；采用叙述纪实手法的作品，如社会生活专题片等，其节奏多以中速为主，平实而活泼；采用议论分析手法的作品，如社会评论专题片等，其节奏多以快速为主，坚定而有力。

一般纪实类内容，用正常的节奏，产生平稳客观的感觉；有激烈冲突的内容，用较快的节奏，造成紧张的感觉；抒情的内容，用较慢的节奏，形成松弛舒缓的感觉。

现代的影像作品和广告趋向于一种更快节奏的展现，目的是为了快速吸引消费者，增加经济效益。但是从好莱坞或西方的广告制作业中也开始慢慢反思这种高节奏现象，由于高节奏会带来视觉的快速疲劳，有时候并不利于某种意念的疏导。总体来说，节奏应当与情节发展相一致，与作品的叙事结构合拍，表现作品内容并为其服务。

影片的节奏类型，可以从以下几方面分析：从视觉速度方面可以分成急促、稳健、舒缓等；从情绪感觉方面可以分成紧张、安详、欢快等；从气氛表现方面可以分成沉闷、活泼、悠扬等等。

对节奏既要有宏观把握，又要有局部的处理。根据作品题材、体例的规定和画面材料的具体条件，以及作者的体验和创作愿望进行处理。各种节奏类型应当有发展、有对比、有照应地调配组织起来，共同完成对作品的表现。

### （3）节奏的表现
● 基本规律
主体运动状态

运动是影视画面的显著特征，记录运动、表现运动是影视艺术的主要任务。主体运动状态、速度和动作幅度对节奏的影响最明显。主体运动剧烈、速度快、动作幅度大的，则节奏强烈。如果用固定镜头来表现，效果更显著。反之，物体运动速度较慢时，表现出的节奏较弱。

当表现人物平静、抑郁或力量的积聚时，需要节奏弱；当表现人物

显然记录运动物体的影像节奏会更快。

兴奋、快乐或力量的爆发时，需要节奏强。

用固定镜头拍摄能够有效地表现运动人物，观众不仅可以看到主体人物形象，并且可以从主体运动的节奏中感受到画面情绪的存在。

### 摄像机运动

摄像画面还可以在运动中表现物体。摄像机的运动是产生画面节奏的重要手段，可以调动观众的心理期待和情绪感受。

摄像机追随主体运动，原来不动的物体改变了透视关系，使画面活跃了起来，因而形成了视觉节奏；同时由于运动状态的不同，便可以产生不同的节奏。

由于摄像机运动，可以对画面多角度、多景别、多层次反复表现，使观众的认识更全面、更连贯、更真实，于是产生不同的情绪节奏。

摄像机采用拉镜头拍摄，画面节奏由强到弱；反之，摄像机采用推镜头拍摄，画面节奏由弱到强。

### 景别和剪辑

景别的变化是产生视觉节奏、形成节奏变化的重要因素。景别是影响视觉节奏的外部形式，不同景别可以加强或削弱画面内部原本的运动节奏。

同样的动作，在不同景别的画面中呈现出不同的幅度。在大景别画面中，如远景、全景，动作的幅度显得小一些，减缓了内部运动，因而节奏慢一些；与之相反，在近景、特写等小景别画面中动作幅度显得大一些，加速了内部运动，节奏就快一些。摄像师应根据作品的要求，考虑节奏的轻重缓急，在拍摄时依照不同景别产生的效果作出适当安排，以期达到节奏协调的目的。

不同景别的组接形成了视觉节奏，合理地安排景别，产生有序的画面变化，形成特定的视觉节奏，是摄像画面编辑的具体工作。

一般说来，相邻镜头景别的变化大，节奏快；景别变化小，节奏慢。相邻的景别一个比一个变得更小，也称做前进式蒙太奇，视觉上有递进的感觉，产生节奏加快的效果；相邻的景别一个比一个变得更大，也称做后退式蒙太奇，视觉上有渐退的感觉，形成节奏减缓的效果。

然而，假如相邻镜头景别没有变化，人物背景又相同，那么其视觉效果就是让人感觉画面在跳帧，这就又回到前文所述的同场同景组接。

景别形成的视觉节奏受两方面影响：在拍摄时，摄像师首先考虑在技术上可以让观众看清画面内容，画面内容越多、越复杂，镜头景别就应越大，镜头时间也相对应当长一些。

其次，摄像师还要考虑在艺术上体现被摄主体的情绪以及自身的创作风格。这就需要突破画面信息传递时间的限制，可能中景或全景画面只需要较短的时间，也可能近景或特写画面却需要较长的时

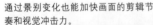

通过景别变化也能加快画面的剪辑节奏和视觉冲击力。

数字摄像技艺教程

间，以产生特定的视觉节奏。

剪辑频率

通过后期编辑来调节作品的节奏的方法还有，镜头剪辑频率、排列方式、时间长度、轴线规则和空镜头的运用等等。

镜头剪辑频率越高，时间越短，镜头必然越多，节奏也就越快；反之，镜头时间长，很少剪辑，尤其摄像机用运动镜头连续跟拍，则节奏必慢。

固定镜头能显示较大的优势，镜头时间短，多切换，再加上景别变化又明显，反差大，表现出的节奏必定是十分强烈的。

镜头的时间长度，在拍摄时就应当注意。如果确定要做后期编辑，镜头可以拍得适当长一些，有利于后期挑选也便于编辑操作。长剪短，很方便；而短想变长，就麻烦了。即使现在通过电脑非编完全有办法可以进行延宕，而加长镜头时间，不过也只可少量地加。要是加得过分，画面会表现得不正常，况且这种办法偶尔使用一次可以，反复多次在一部影片中出现就显得十分别扭。

轴线规则的运用也影响节奏。运动方向一致，人物关系对应的镜头剪辑在一起，视觉上合理、画面流畅，节奏显得平缓；违反轴线规则，观众心理上觉得莫名其妙、不可思议，视觉上又出现跳的感觉。

通常情况下，如无特别的创作需求，画面剪辑应当符合轴线规则，以形成正常的情绪节奏。

画面还可以借助音频的音乐及音响来烘托现场气氛，从而使画面更加具有感染力。至于音乐对影像画面节奏的影响，那是显而易见的。众所周知音乐节奏强弱快慢，几乎直接决定了画面的节奏，这个道理无需赘述，值得着重说明的是：

首先，音乐服从画面内容，根据已有画面寻找音乐。所选用的音乐必须与题材主题匹配，其旋律要与画面运动合韵、合拍，音乐的情绪表现应合乎作品内容的氛围，还要符合主题的精神。一言以蔽之，要合适。用音乐编辑的术语来说，就是贴切。所以大制作的电影，多会专门请作曲家为其量身定制的道理就是如此。

其次，画面照应音乐，按照音乐节拍剪辑画面。就是说在后期编辑时要倒过来，剪辑画面跟着音乐走，镜头组接的编辑点，表现画面运动变化要切在音乐节拍上。换言之，镜头切换应当有板有眼踏准脚步，这显然更需要精心制作。

最后，假如能把两者结合起来，提前考虑周全，并在正式拍摄阶段得以贯彻落实；完全按照内容主题和音乐节奏的共同需要来组织拍摄、安排镜头、完成画面，一切做到胸有成竹、信手拈来，那么这就又跨上了一个台阶，进入更高的水平。

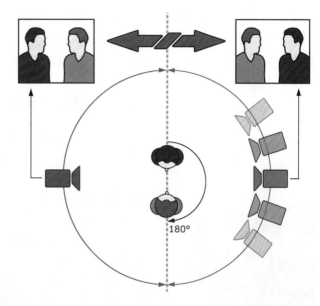

运用轴线规律可以调节剪辑节奏。

音乐的声音节奏也可以控制剪辑节奏的快与慢。

此外，音乐还能对画面内容作出某种补充，对作品思想进行诠释，从而起到升华主题的作用。总之，应当调动各种手段让画面元素得以完美表现，这样才熔视与听于一炉，色与声浑然一体，给人以美的享受。

## 10.5　常用剪辑软件

软件是数字影像制作的工具和保证。由于电脑硬件技术的快速发展，使得各种软件也不断地飞速发展。各种不同的剪辑软件层出不穷，它不仅可以满足专业电影化的制作，还可以为家庭中的普通成员提供简单的DIY功能，可谓五花八门。

经过多年的实践和市场淘汰，我们发现有一些软件始终被大家所认可，而且被大量地在各种领域内使用。所以根据这种实际情况，我们挑选了一些常用的软件作介绍，方便大家在平时中可以更好地使用。同时，这些常见软件不仅可以很方便地获得，而且在目前市场上还有大量专业化的指导书籍可供参考。可以说，学习和使用都十分方便，如果你已经具有一定的软件操控知识，一些简单的功能只要打开软件后即可使用。

Adobe Premiere软件。

### （1）Adobe Premiere

这是一款由Adobe公司研发的著名软件。作为一款十分畅销的非线性剪辑软件，它已经发展了很多代产品，同时成为了各类、各级电影或电视以及影像制作者的必选软件之一。由于它兼顾了专业制作者和普通用户，也使得该软件成为最普及的视频剪辑软件之首。

Vegas软件。

它通过实时的视频和音频编辑工具将各种素材进行十分精确的虚拟操控，完全改变了以往人们制作视频影像的概念。此外，Adobe公司还是一个十分强大的系列视觉软件公司。在它旗下整合了几乎我们所知的各类视觉制作和修饰软件，比如Flash和Photoshop等这样十分著名的品种。也就是说，通过同品牌各类软件的转换，我们可以非常方便地将各种视觉或视频制作品与Premiere软件相互连接，方便我们制作出各种影像成品。

由于该软件的功能十分强大，一般情况下可以满足几乎所有的制作需要。使用者需要经过培训和一定时间的实践后，可以比较自如地应

Adobe Premiere软件的操作界面。　　　　Vegas软件的操作界面。

用，达到称心如意的创作。所以，我们建议如果你想成为一名较为专业的影像制作者，或者你想制作一部较专业的影像成品，必须学习和应用这款软件。花一些时间研究它的功能，其实它远比你想象得简单。

会声会影软件的操作界面。

### （2）Vegas

Vegas软件是由日本索尼公司推出，其本身是一款十分专业的影像编辑软件。经过市场的磨砺和用户的反馈，逐渐成为一个集合了专业与简化高效合一的版本，也是目前各类剪辑软件中十分适合初学者入手的起步软件之一。

它整合了影像编辑和声音编辑等多种功能，同时具有几乎无限制的视频轨道和音频轨道。在后期效果上提供了视频合成、进阶化的编码、转场特效、修剪、动画控制等综合功能。可以满足专业用户或是个人用户的普通使用或是视频预剪等工作，特别是它相对于其他专业化软件而言，更加轻松上手，界面也比较亲和，受到了不少人的欢迎。

一般来说，我们可以运用它做一些相对简单和不是特别复杂的视频剪辑，也可说它几乎满足了我们80%以上的各类工作需要。在公司或企业、家庭或学校中可以快速使用，简易化操作。尤其索尼公司本身是一个十分强大的摄像器材制造商，使用同厂软件可以较好地解决诸如视频导入、影像合成等繁琐的数据转换，所以也十分受到专业人士及广播媒体机构的青睐。

会声会影软件。

### （3）会声会影

会声会影是一款专门面对初学者或是普通家庭用户的简易操作软件。它在设计之初的基本想法就是与专业和中间级的软件划分界线，为一些拥有个人视频器材的家庭用户提供一些可以稍加修饰的辅助制作功能。这就表明该款软件的重点不是专业制作，而是将简单和实用作为主要特点。

因此，它也在软件中植入了很多制作模板和范本，供用户自如挑选。随着高清器材的大量普及，会声会影软件也进行了相应变革。提供了一些制作高清后期的功能。总之，即使你是一个十足的软件"菜鸟"，你也可以通过使用这款软件完成或体验一下后期制作的乐趣。

但这提醒了很多初学用户，如果你的目标是定位在专业上，那么这样一款简易化的软件是无论如何也满足不了你要求的。所以，通过初入的尝试后，还是应该尽快地、有决心地使用专业软件，它才是你影像梦想真正的缔造者。

最新的苹果品牌电脑。

### （4）Final Cut Pro

Final Cut Pro是由著名的电脑生产商苹果公司推出的一款非线性剪辑软件。毫无疑问，今天这款软件的大获成功完全得益于苹果公司日渐强大的品牌效应，以及其无与伦比的硬件支持。这也是目前市场上唯一一款专机专用的视频软件，和苹果所有独家软件一样，离开了苹

Final Cut Pro软件的操作界面。

苹果电脑专用的Final Cut Pro软件。

果电脑的Final Cut Pro也就一无是处了。

最早在1999年时，苹果电脑公司就推出了这款日后大受赞誉的Final Cut Pro。而在当时，它不仅被大多数软件制造商所不屑，而且很多专业技术人士也认为Final Cut Pro充其量不过是一款界面美观的非专业软件，无法与其他专业软件相匹敌。而当时使用Final Cut Pro的用户中，大多是普通用户或小型的电视制作者等非专业人士。

然而在其后的短短几年间，Final Cut Pro就以其优异的影像处理能力及便宜的价格，成功地成为广告和电视以及电影制作人的最爱。2002年，苹果公司更是因此而获得了美国电视学会艾美奖之杰出技术的肯定，而这是美国电影后期制作人员的一个技术风向标，这就意味着这款软件受到了大部分专业人士的认可，而且还受到很多独立制作人的美誉。

这款视频剪辑软件早期由Premiere创始人为苹果公司量身定制，充分利用了苹果公司电脑的处理核心，提供了很多全新功能。比如可以实时预览过渡，视频特技编辑、合成，特技展示等，还可以增加实时特性的硬件加速。

此外，该软件的界面相当轻松，按钮位置设计得也十分得体，具有很强的立体效果。不仅拥有标准项目窗口，还可以实现大小可变的双监视器窗口使用。特别是它采集视频的过程相当爽利，可以使用软件直接控制摄像机，进行可批量采集。时间线简洁明了，适合影像的快速浏览。

另外它还具有邻接的编辑方式、剪辑时可以首尾相连放置、切换通过编辑点双击完成等与众不同的功能。在其特技调色板中提供了很多苹果特有的画面切换方式等，并具有强大的自定义功能，供各级用户自行选择使用。

由于其相对的技术限定，所以目前情况下选择苹果硬件的用户在后期制作时会首选这款非编软件作为标配。如果你想尝试这款独特而又杰出的软件，那么你就不得不考虑先购置一台苹果电脑。

**? 思考与练习**

1. 理解剪辑的含义，同时从后期制作的角度来重新审视拍摄与摄像师。

2. 理解蒙太奇原理，在实践拍摄中运用蒙太奇理论，同时在后期中加以应用。

3. 学会在剪辑中掌握画面的节奏，同时能够通过节奏来控制影像的效果。